Marlen Haushofer

dtv

Die Taschenbibliothek

Ungekürzte Fassung

Juni 1996
Deutscher Taschenbuch Verlag GmbH & Co. KG,
München
Entnommen aus: ›Schreckliche Treue. Erzählungen‹,
Düsseldorf 1986

ISBN 3-546-00006-4
Erstveröffentlichung der Erzählung: Wien 1958
Umschlaggestaltung: Balk & Brumshagen
Umschlagbild: Ausschnitt aus dem Gemälde ›Dame in Weiß‹ (1927)
von Sergius Pauser (Museen der Stadt Nürnberg)
Gesamtherstellung: C. H. Beck'sche Buchdruckerei,
Nördlingen
Printed in Germany · ISBN 3-423-08325-5

Ich bin allein, Richard ist mit den Kindern zu seiner Mutter gefahren, um das Wochenende dort zu verbringen, und die Bedienerin habe ich abbestellt. Natürlich hat mich Richard aufgefordert, mitzukommen, aber nur weil er wußte, ich würde nein sagen. Meine Anwesenheit hätte ihn und Annette nur gestört. Und ich wollte ja endlich allein sein.

Zwei Tage liegen nun vor mir, zwei Tage Zeit, um niederzuschreiben, was ich zu schreiben habe. Aber ich kann mich schlecht sammeln, seit dieser Vogel in der Linde schreit. Es wäre mir lieber, ich hätte ihn heute früh nicht entdeckt. Das verdanke ich meiner schlechten Gewohnheit, stundenlang am Fenster zu stehen und in den Garten zu starren. Hätte ich nur einen flüchtigen Blick hinausgeworfen, wäre er mir nie aufgefallen. Sein Gefieder ist so grüngrau wie die Rinde des Baumes. Erst nach einer halben Stunde bemerkte ich ihn, weil er zu schreien und zu flattern anfing. Er ist noch so jung, daß er nicht fliegen und noch viel weniger Mücken fangen kann.

Zunächst dachte ich, seine Mutter werde sogleich kommen und ihn ins Nest zurückbringen, aber sie kommt nicht. Ich habe das Fenster geschlossen und höre ihn noch immer schreien. Aber sie wird bestimmt kommen und ihn holen. Wahrscheinlich hat sie noch andere Junge zu versorgen. Er schreit übrigens so laut, daß sie ihn, wenn sie am Leben ist, unbedingt hören muß. Es ist lächerlich, daß dieser winzige Vogel mich so irritiert – ein Zeichen für den schlechten Zustand meiner Nerven. Schon seit einigen Wochen sind meine Nerven in diesem elenden Zustand. Ich kann keinen Lärm hören, und manchmal, wenn ich einkaufen gehe, fangen plötzlich meine Knie zu zittern an und der Schweiß bricht mir aus. Ich spüre, wie er in Tropfen über Brust und Schenkel rinnt, kalt und klebrig, und ich fürchte mich.

Jetzt fürchte ich mich nicht, denn in meinem Zimmer kann mir nichts geschehen. Außerdem sind sie ja alle fortgegangen. Nur das Fensterglas sollte viel stärker sein, daß ich dieses Geschrei nicht mehr hören müßte. Wäre Wolfgang hier, würde er versuchen, den Vogel zu retten, aber natürlich wüßte er ebensowenig wie ich, was man tun könnte. Man muß eben abwarten, die Vogelmutter wird noch kommen. Sie muß kommen. Ich wünsche es mit meiner ganzen Kraft.

Übrigens kann mir ja auch auf der Straße nichts geschehen. Wer, in Gottes Namen, sollte mir denn etwas antun? Und selbst wenn ich in ein Auto liefe, wäre es nicht schlimm, ich meine, nicht wirklich schlimm.

Aber ich bin ja so vorsichtig. Ich schaue jedesmal nach links und rechts, ehe ich über die Straße gehe, aus Gewohnheit; wie man es mir beigebracht hat, als ich noch ein kleines Mädchen war. Nur der freie Raum um mich herum macht mir Angst. Man merkt es mir aber nicht an, niemand hat es noch bemerkt.

Sie kann doch höchstens im nächsten Garten sein, oder im übernächsten. Jedes Haus hier hat einen Garten, unserer ist einer der größten und ungepflegtesten. Er ist nur dazu da, damit ich ihn vom Fenster aus sehen kann. Jetzt sind endlich die Lindenblätter herausgekommen, seit es so warm geworden ist. Alles ist ja heuer um Wochen verspätet. Ja, es scheint mir seit einigen Jahren, daß unser Klima sich allmählich verschiebt. Wo sind die glühenden Sommer meiner Kindheit, die schneereichen Winter und der zögernde, sich ganz langsam entfaltende Frühling?

Wenn es plötzlich wieder kalt würde, wäre das sehr böse für den kleinen Vogel. Aber ich mache mir unnötige Sorgen, es ist ja sogar ein wenig föhnig. Es kommt ja auch gar nicht an auf diesen winzigen Vogel, es gibt ja so viele von ihnen. Wenn ich ihn nicht gesehen und gehört hätte, wäre er mir ganz gleichgültig.

Ich wollte ja auch gar nicht über diesen unglückseligen Vogel schreiben, sondern über Stella. Ich muß über sie schreiben, ehe ich anfangen werde, sie zu vergessen. Denn ich werde sie vergessen müssen, wenn ich mein altes ruhiges Leben wieder aufnehmen will.

Denn das ist es, was ich wirklich möchte, in Ruhe leben können, ohne Furcht und ohne Erinnerung. Es genügt mir, wie bisher, meinen Haushalt zu führen, die Kinder zu versorgen und aus dem Fenster in den Garten zu schauen. Wenn man sich ruhig verhält, so dachte ich, kann man nicht in die Angelegenheiten anderer verstrickt werden. Und ich dachte an Wolfgang. Es war so angenehm, ihn täglich um mich zu haben. Vom Tag seiner Geburt an hat er immer zu mir gehört. Hätte ich Stellas wegen unser friedliches Beisammensein gefährden sollen?

Nun, es hätte nicht schlimmer für mich enden können, wenn ich es getan hätte. Stella rächt sich an mir und nimmt mir das einzige, an dem mein Herz noch hängt. Aber das ist Unsinn. Stella kann sich ja gar nicht rächen, sie war schon als Lebende so hilflos, wie hilflos muß sie erst jetzt sein. Ich selber räche Stella an mir, das ist die Wahrheit, und es ist auch ganz in Ordnung so, so sehr ich mich dagegen sträube.

Freilich habe ich immer schon gewußt, es würde einmal der Tag kommen, es hätte dazu nicht Stellas bedurft. Früher oder später wäre Wolfgang für mich verloren gewesen. Er gehört zu den Leuten, die sich keine Illusionen machen und die Konsequenzen ziehen. Auch ich mache mir keine Illusionen, aber ich lebe so, als machte ich mir welche. Früher dachte ich, ich könnte noch einmal von vorne anfangen, aber dazu ist es jetzt viel zu spät, dazu war es eigentlich immer zu spät, nur wollte ich das nicht zur Kenntnis nehmen.

Nichts könnte sich mehr lohnen, denn Wolfgang ginge doch von mir weg. Und das ist gut für ihn.

Irgendwo las ich, daß man sich an alles gewöhnen könne und Gewohnheit die stärkste Kraft in unserem Leben sei. Ich glaube es nicht. Es ist nur die Ausrede, die wir gebrauchen, um nicht über die Leiden unserer Mitmenschen nachdenken zu müssen, ja, um nicht einmal über unsere eigenen Leiden denken zu müssen. Es ist wahr, der Mensch kann vieles ertragen, aber nicht aus Gewohnheit, sondern weil ein schwacher Funke in ihm glimmt, mit dessen Hilfe er in aller Stille hofft, eines Tages die Gewohnheit zerbrechen zu können. Daß er es meist nicht kann, aus Schwäche und Feigheit, spricht nicht dagegen. Oder sollte es zwei Sorten Menschen geben, die einen, die sich gewöhnen, und die anderen, die es nicht können? Das kann ich nicht glauben; wahrscheinlich ist es nur eine Frage der Konstitution. Wenn wir in ein gewisses Alter kommen, befällt uns Angst und wir versuchen etwas dagegen zu tun. Wir ahnen, daß wir auf verlorenem Posten stehen, und unternehmen verzweifelte kleine Ausbruchsversuche.

Wenn der erste dieser Versuche mißlingt, und er tut es in der Regel, ergeben wir uns bis zum nächsten, der schon schwächer ist und uns noch elender und geschlagener zurückwirft.

So trinkt Richard regelmäßig seinen Rotwein, ist hinter Frauen und Geld her, meine Freundin Luise verfolgt junge Männer, deren Mutter sie sein könnte, und ich stehe vor dem Fenster und starre in den Garten hinaus. Stella, dieser dummen jungen Person, ist gleich der erste Ausbruchsversuch geglückt.

Es wäre mir viel lieber, ich könnte mit ihr tauschen und müßte nicht hier sitzen und ihre jämmerliche Geschichte schreiben, die auch meine jämmerliche Geschichte ist. Viel lieber wäre ich tot wie sie und müßte den kleinen Vogel nicht mehr schreien hören. Warum schützt mich niemand vor seinem Geschrei, vor der toten Stella und dem quälenden Rot der Tulpen auf der Kommode? Ich mag rote Blumen nicht.

Meine Farbe ist Blau. Es gibt mir Mut und rückt alle Menschen und Dinge von mir ab. Richard glaubt, ich trage meine blauen Kleider nur, weil sie mir zu Gesicht stehen; er weiß nicht, daß ich sie zum Schutz trage. Niemand kann mich in ihnen verletzen. Das Blau hält alles von mir fern. Stella liebte Rot und Gelb, und sie lief in dem roten Kleid, das ich ihr geschenkt hatte, in einen gelblackierten Lastwagen.

Dieser strahlend gelbe Tod, der wie eine Sonne auf sie zustürzte, ich glaube, er war schön und schrecklich, wie wir ihn aus den Sagen der Alten kennen.

Ich mußte sie identifizieren. Ihr Gesicht war unverletzt, aber grünlich weiß und viel kleiner, als es mir im Leben erschienen war. Der verstörte und halb wahnsinnige Ausdruck der letzten Tage war daraus gewichen und hatte einer eisigen Stille Platz gemacht.

Stella war immer ein wenig schwerfällig und scheu gewesen,

auch wenn sie froh war, blieb ihr regelmäßiges, großflächiges Gesicht unbewegt. Es blühte dann von innen her auf bis in die Lippen. Stella war eine kurze Zeit hindurch sehr glücklich gewesen, aber sie war unfähig, die Spielregeln zu erlernen, sie konnte sich nicht anpassen und mußte untergehen.

Von einer leichtfertigen und habgierigen Mutter war sie schon als Kind in ein Internat gesteckt worden. Ich erinnere mich, sie damals, vor etwa fünf Jahren, in der Kirche beobachtet zu haben. Sie kniete neben mir, das Gesicht der Monstranz zugewandt, die Augen weit geöffnet, die Lippen ein wenig vorgewölbt, hingegeben und offen. Und mit demselben Ausdruck starrte sie später auf die Abendzeitung, hinter der sich Richards Gesicht verbarg. Auch Wolfgang sah es. Er errötete und erblaßte, und schließlich verschluckte er sich, um meine Aufmerksamkeit von Stella abzulenken. Mit seinen fünfzehn Jahren wußte er ebensogut wie ich, was vor unseren Augen geschah, und er versuchte verzweifelt, mich vor diesem Wissen zu schützen, während ich einzig und allein bestrebt war, ihn aus dem Spiel zu halten, und so genau das tat, was ich nicht hätte tun dürfen, nämlich nichts.

Während Stella, unfähig, ihr einziges großes Gefühl zu verbergen, unaufhaltsam in ihr Unglück glitt und Richard uns mit seiner glatten Bonhomie zu täuschen versuchte, bemühte ich mich, nichts zu sehen und zu hören. Wolfgangs wegen und auch mir selbst zuliebe, denn ich hasse nichts mehr als Auftritte, Auseinandersetzungen, und schon eine gespannte Stimmung genügt, um mich auf Wochen verstört und unruhig zu machen.

Die Einsamkeit und Ruhe meines Zimmers, die Aussicht auf den Garten, die Zärtlichkeit, die mich bei Wolfgangs Anblick erfüllt, hätte ich das alles – und es ist alles für mich – aufs Spiel setzen sollen, um eines Mädchens willen, das dumpf und unaufhaltsam in sein Schicksal rannte, von Anbeginn verurteilt, mit seinem einfachen, törichten Gefühl an unserer zerfallenden, gespaltenen Welt zu scheitern?

Nun, es war mir nicht der Mühe wert, aber es hätte mir der Mühe wert sein müssen, denn Stella war das junge Leben und ich ließ es in eine dieser mordenden Blechmaschinen laufen.

Man kann auf ganz verschiedene Weise zugrunde gehn, aus Dummheit ebensogut wie aus übertriebener Vorsicht; die erste Art erscheint mir würdiger, aber sie ist nicht die meine.

Luise, Stellas Mutter, kam erst nach dem Begräbnis. Sie war verreist gewesen, und kein Mensch in der kleinen Provinzstadt, in der sie lebt, wußte, wohin. Als wir sie endlich erreichen konnten, war schon alles vorüber. Richard hatte diese Sache erledigt, gut und passend, wie er alles zu erledigen pflegt. Luise, sie war übrigens mit ihrem Freund, einem jungen Magister, in Italien gewesen, saß uns nun in unserem Wohnzimmer gegenüber und schluchzte.

Richard sagte ihr Gemeinplätze, die aus seinem Mund viel überzeugender klingen als aus dem meinen, Worte der wahren Anteilnahme. Seine Augen wurden tiefblau und feucht, sie werden es auch, wenn er erregt oder betrunken ist, und ich mußte an die Kränze auf dem kahlen Hügel denken. Es waren übrigens nicht viele Kränze, denn Stella hatte in dieser Stadt nur uns und ein paar Schulfreundinnen. Ich dachte an den Hügel und an Stellas ausgebluteten, zerquetschten Körper in seinem hölzernen Gefängnis. Zum erstenmal überfiel mich das Mitleid. Es war töricht und absurd, denn Stella war tot, und doch schwoll das Mitleid in mir an wie ein körperlicher Schmerz, der wie ein Klumpen in meiner Brust saß und bis in die Finger ausstrahlte. Aber dieser Schmerz galt nicht mehr Stella, sondern ihrem toten Körper, der nun zum Zerfall verurteilt war.

Ich hörte Richard reden, verstand aber nicht, was er sagte. Von Entsetzen gepackt, sah ich nur seine Augen, die so feucht und lebendig waren. Jedes Haar an ihm lebte, seine Haut, sein Atem, seine Hände, und ich konnte nicht mehr atmen bei diesem Anblick.

Von außen gesehen waren wir ein Ehepaar in mittleren Jahren, das versuchte, eine schmerzgebeugte Mutter zu trösten. Nur ist Luise keine schmerzgebeugte Mutter. Stellas Tod kam ihr sehr gelegen. Das wußten wir, und sie wußte, daß wir es wußten, aber sie seufzte und weinte, wie es ihre Rolle verlangte.

Nun, da Stellas Erbteil, die Apotheke, an sie fällt, kann sie ihren Magister heiraten, der sie ohne diese Morgengabe nie genommen hätte. Sie kann sich diesen jungen, kräftigen Mann kaufen und sich eine Zeitlang einreden, daß sie Glück gehabt hat.

Stella war für uns alle eine Last gewesen, ein Hindernis, das nun endlich aus dem Weg geräumt war. Noch besser wäre es natürlich gewesen, sie hätte sich glücklich verheiratet, wäre ausgewandert oder sonst auf irgendeine Weise aus unserem Gesichtskreis verschwunden. Aber verschwunden war sie auf jeden Fall, und man konnte sie endgültig vergessen.

Ich bemerkte an Richard, wie sehr er sie schon vergessen hatte, da bei ihm Vergessen eine Sache des Körpers ist. Sein Körper hat Stella vergessen; groß, breit und hungrig nach neuen Frauen und Sensationen saß er neben mir und tätschelte Luises magere Vogelfinger mit seiner breiten gepflegten Hand, die sich immer trocken, warm und angenehm anfaßt.

Und Luises Gewimmer verstummte unter dieser Wärme und unter dem Klang seiner beruhigenden Stimme.

»Immer«, stöhnte sie, »hab' ich ihr gesagt, gib acht, wenn du über die Straße gehst. Ich möchte nur wissen, wo sie ihre Gedanken gehabt hat.«

»Ja«, sagte Richard bekümmert, »das möchten wir auch wissen, nicht wahr, Anna?«

Er sah mich an, und ich nickte. Keine Spur von Ironie schwang in seiner Stimme mit. Ich entschuldigte mich und sagte, daß ich in die Küche sehen müsse. Ich ging aber nicht in die Küche, sondern ins Badezimmer, und fing an, ein wenig Rouge aufzulegen. Die Blässe kleidete mich nicht.

Auch Stella war in den letzten Wochen blaß, aber sie war neunzehn, und das Leiden verfeinerte ihr Gesicht und machte es erwachsen und reizvoll. Eine Frau über Dreißig müßte aufhören können zu leiden, es tut ihrem Aussehen dann nicht mehr gut.

Als Stella zu uns kam, war ihre Haut leicht gebräunt. Sie war schön, aber ganz ohne Scharm und Grazie. Für den modernen Geschmack war sie ein wenig zu gesund und kräftig. Es hat ja später auch eines schweren Lastwagens bedurft, um das Leben aus ihrem Körper zu quetschen. Es war so rücksichtsvoll von Stella, wie zufällig vom Gehsteig zu treten, so daß man ein Unglück annehmen konnte. Und es zeigt, wie wenig Luise ihre Tochter gekannt hatte, daß sie an dieses Unglück glaubte. Denn Stellas Verträumtheit war die eines schläfrigen, starken jungen Tieres, das wie im Traum seinen Weg durch das Gewühl der Stadt findet. Nicht einmal der Fahrer des Lastwagens, ein junger primitiver Mensch, hat an das Unglück geglaubt. Stella wollte tot sein, und mit der gleichen besinnungslosen Selbstaufgabe, mit der sie sich ins Leben hatte fallen lassen, fiel sie aus dem Leben, das vergessen hatte, sie festzuhalten mit ein wenig Liebe, Güte und Geduld. Wir haben Ursache zur Dankbarkeit. Wie peinlich wäre es gewesen, hätte sie Schlafpulver genommen oder sich aus einem Fenster gestürzt. Ihre Vornehmheit, die eine Vornehmheit des Herzens war, zeigte sich in der Art, in der sie starb, uns allen die Möglichkeit schenkend, an ein sinnloses Unglück zu glauben.

Aber was nützt mir das, wenn der einzige, der es wirklich hätte glauben müssen, es nicht glaubt und niemals glauben wird. Immer wird Stella zwischen mir und Wolfgang stehen. Die Zeit der kindlichen Zärtlichkeit und des Vertrauens ist vorüber. Wolfgang verabscheut seinen Vater und verachtet mich wegen meiner Feigheit. Erst viel später wird er mich verstehen, dann nämlich, wenn er wie ich von einem Zimmer ins andere gehen wird, allein mit der Unruhe und dem Wissen um die völlige Ausweglosigkeit des Kerkers. Aber dann werde ich nicht mehr sein, so wie mein Vater nicht mehr ist, dessen ironisches Gewährenlassen mich als Kind mit Unsicherheit erfüllte. Der Blick, der mich traf, wenn ich mit meinen Puppen spielte, ist der Blick, mit dem ich Wolfgang folge, wenn er mit seinem Freund zum Tennis geht und mit dem er schon jetzt die Spiele seiner kleinen Schwester beobachtet.

Wenn Wolfgang jetzt bei mir wäre, würde er versuchen, den Vogel in der Linde zu retten, und ich müßte ihn davon abhalten, denn wenn die Vogelmutter nicht mehr kommt, ist dem Kleinen nicht zu helfen, weil er noch nicht allein fressen kann. Nur seine Mutter könnte ihn retten, und ich fange an, an ihrem Kommen zu zweifeln. Er schreit so jämmerlich, daß es mich ans Fenster treibt. Er ist entschieden noch kleiner geworden, als er war, obgleich er schon am Morgen so winzig war, daß ich mir einen kleineren Vogel gar nicht vorstellen konnte. Ich sehe ihn jetzt deutlich, ein Federhäufchen, das wild vor Angst und Hunger Schnabel und Augen aufreißt. Seine Mutter wird nicht mehr kommen. Ich habe das Fenster wieder geschlossen. Die Sonne bescheint ihn jetzt. Vielleicht wird er einschlafen, und ich werde ein paar Stunden Ruhe haben, wenn ich ihn in Sicherheit weiß. Durch dieses Geschrei verliert er auch viel zu früh die Kraft. Vielleicht ist er durstig, bestimmt sogar. Aber es ist lächerlich, sich von einem Vogel stören zu lassen. Richard würde mich auslachen. Ich muß einfach glauben, daß seine Mutter ihn finden wird. Manchmal scheint es mir, daß meine Unfähigkeit zu glauben das Unheil erst anzieht. Vielleicht wäre Richard nie der geworden, der er heute ist, hätte ich ihm blind geglaubt, vielleicht wäre alles anders gekommen, hätte mein Vater, damals, als ich Richard ins Haus brachte, uns nicht so merkwürdig angesehen. Woher konnte er wissen, wer gab ihm das Recht zu wissen, was kommen würde, und wer gibt mir das Recht, Wolfgang mit meinen Blicken zu verfolgen, wie ich auch Richard und Stella damit verfolgt habe.

Man müßte sich angewöhnen, an den Menschen und Dingen vorbeizuschauen, man dürfte niemals seine Gedanken ins Auge treten lassen. Noch besser wäre es freilich, man könnte aufhören zu denken, denn schon unsere Gedanken töten. Ich dachte: Er wird Stella zugrunde richten. Ich dachte es so lange, bis es geschah. Ich weiß, daß Richard vor meinen Gedanken Angst hat. Abergläubisch, wie alle vitalen Naturen, fürchtet er nur, was er mit seinen Mitteln nicht erfassen und verstehen kann. Aber er ist stark genug, um diese Angst beiseite zu schieben, wie er alles beiseite schiebt, was ihn in seinen Plänen behindern würde.

Warum hat mich nichts gewarnt an jenem Septemberabend, als Stella zu uns kam? Warum schlug ich Luise ihre Bitte nicht einfach ab? Es paßte mir doch gar nicht, daß ich dieses fremde junge Mädchen bei uns aufnehmen sollte, und auch Richard war nicht erbaut von diesem Gedanken. Er gab seine Zustimmung nur mir zuliebe, und weil Stellas Aufenthalt ja nur zehn Monate dauern sollte. Luise ist meine Freundin, das heißt, sie behauptet seit dreißig Jahren, es zu sein. Gar nie hab' ich sie gemocht, schon in der Schule nicht, denn schon als Kind war sie geizig, intrigant und bösartig. Immer wollte Luise meine Sachen haben, damals brachte sie mich um meine Radiergummis, Lackgürtel und Wurstbrote, später wollte sie die Männer, die mir den Hof machten, und jetzt hat sie schließlich mit Hilfe ihrer Tochter meine so mühsam errungene Ruhe zerstört. Ein Unglücksrabe ist diese Luise, häßlich, vertrocknet und mannstoll. Aber nie ist es mir gelungen, Richard davon zu überzeugen, daß sie mir nur lästig ist. Er begreift einfach nicht, daß es Leute gibt, die man verabscheut und denen man doch nicht entgeht. Nie im Leben wäre Richard in eine derartige Lage gekommen. Er schüttelt jeden Menschen ab, der nicht auf irgendeine Weise für ihn von Nutzen ist. Auch Stella konnte er nicht lange brauchen; einige Wochen, nicht länger. Sie war ihm viel zu unbequem. Was konnte ein Spieler wie er mit diesem schwerfälligen und ernsthaften Kind anfangen? Keine Frau hat ihn so bald gelangweilt wie Stella.

Richard hatte sie nie zuvor gesehen. Luise pflegte stets ohne ihre Tochter zu verreisen, und er hatte sich eine ganz falsche Vorstellung von ihr gemacht. Ich kann heute noch nicht glauben, daß Stella wirklich Luises Tochter war, obgleich daran kein Zweifel möglich ist. Stellas Vater muß ein gewissenloser Patron gewesen sein, daß er es fertigbrachte, mit Luise ein Kind zu zeugen. Später scheint er diese Anwandlung bereut zu haben und versuchte durch ein ebenso raffiniertes wie kurzsichtig abgefaßtes Testament sein Kind vor seiner Frau zu schützen, indem er Luise nur zur Nutznießerin des Vermögens einsetzte und Stella die Apotheke vererbte. Es wäre aber doch besser gewesen, er hätte das nicht getan, denn damit schuf er seiner Tochter eine *unerbittliche* Feindin. Das Beste, was Luise je für Stella getan hat, war, daß sie das Kind, das bei ihr verschüchtert in einem Winkel zu sitzen pflegte, als es ihr immer hinderlicher wurde, in eine Klosterschule steckte. Dort fand Stella immerhin so viel Liebe, daß sie acht Jahre hindurch davon leben konnte. Eigentlich hätte sie ja Pharmazie studieren sollen, aber diese Ausbildung lag nicht in Luises Sinn – je weniger Stella verstand von dem, was sie verstehen sollte, desto besser für Luise. Da Stella aber schließlich irgend etwas tun mußte und ihre Mutter sie einfach nicht brauchen konnte neben ihren Freundinnen, Hunden und Liebhabern, verfiel sie auf den Gedanken, Stella an mich abzuschieben, wenigstens für ein Jahr, solange eben der Handelskurs dauert. Luise muß sich damals in stiller Verzweiflung immer wieder gesagt haben, daß der Tag von Stellas Großjährigkeit immer näher rückte. Natürlich wäre auch das nicht ihr Untergang gewesen, denn es verblieb ihr ein Legat, und gewiß hatte sie sich in den vergangenen Jahren genug bereichert, kaum behindert von einem alten, halb schwachsinnigen Vormund. Aber es gab ja auch noch diesen jungen Menschen, den sie unbedingt heiraten wollte, den sie sich aber, wie sie wohl wußte, nur *erkaufen* konnte. Ich gebe zu, es war für sie eine aussichtslose Situation.

So kam Stella zu uns, wieder einmal von ihrer Mutter zur Seite geschoben und auch von uns nicht freudig erwartet.

Unser Haushalt ist nämlich so beschaffen, daß er einen Eindringling oder selbst einen Gast nicht verträgt. Aus Gründen, die nur zu einleuchtend sind. Richards Freunde können niemals meine Freunde sein, und meine Freunde sind Richard unbehaglich. Außerdem kennt ein anderer nicht die unzähligen Tabus, die wir im Umgang miteinander beachten müssen, und die sogar von den Kindern schon respektiert werden. Unser Gesprächsstoff ist dadurch etwas beschränkt, aber das ist besser als unaufhörliche Reibereien. Dazu kommt noch, daß ein Fremder mein Verhältnis zu Wolfgang gestört hätte. Alle störten sie uns damals, sogar die kleine Annette und natürlich auch Richard. Deshalb habe ich auch kein Mädchen, sondern eine *Bedienerin* aufgenommen, eine schweigsame, mürrische Person, die sich nicht für uns interessiert, für die wir nur die Leute sind, für die sie um guten Lohn Fußböden zu putzen hat. Ganz beherrscht von Gedanken und Sorgen um Menschen, die wir nicht kennen, geht sie schweigend ihrer Arbeit nach. Mondmenschen könnten ihr nicht fremder sein, als wir es sind. Ohne daß darüber gesprochen wurde, gab es zwei Parteien bei uns: Richard und Annette – Wolfgang und mich, und wir hielten uns streng an die Spielregeln. Richard führte kurze und ein wenig zu herzliche Gespräche mit seinem Sohn, auf die Wolfgang mit vollendeter Höflichkeit einging, und Annette saß zuweilen auf meinem Schoß, und natürlich brachte ich sie zu Bett, und sie küßte und umarmte mich. Aber das stimmt doch nicht ganz. Ich glaube, daß Wolfgang immer seinen Vater geliebt hat, obgleich er ihn immer durchschaute, und wenn es einen heimlichen Schmerz in Richards Leben gibt, so heißt er Wolfgang. Sicher leidet er unter der Andersartigkeit des Sohnes, soweit er sich eben gestattet zu leiden, denn Richard sucht in Wahrheit einen Freund, und Wolfgang wird nie sein Freund

strickte aus grauer derber Wolle Jacken und Socken für irgendwelche arme Leute. Diese ziemlich unförmigen Dinger schickte sie dann an ihr altes Kloster. Richard pflegte sie wegen ihrer Wohltätigkeit zu necken. Dann hob sie die weißen breiten Lider und lachte leise und ungeschickt, wie ein Mensch, der erst lernen muß zu lachen. Sie strickte sie nur, um, ohne in den Ruf der Faulheit zu geraten, stundenlang mit ihren Gedanken allein sein zu können.

Über diese Gedanken wußte ich gar nichts. Manchmal zweifelte ich daran, daß sie überhaupt etwas dachte, so unbewegt blieb ihr Gesicht. Mit Annette gab sie sich gern ab, und das Kind fing schließlich an, diese Zuneigung zu erwidern. Wolfgang beobachtete sie zunächst noch mit einer Mischung aus Neugierde, Scheu und Voreingenommenheit. Auch darin ganz mein Sohn, wäre er nie auf den Gedanken gekommen, sich einer fremden Person zu nähern. Als mir klar wurde, daß ich zu Stella doch nie ein richtiges Verhältnis finden würde, fing ich an, meine Bemühungen einzustellen und so zu leben wie bisher, als gebe es kein junges Mädchen in meinem Fremdenzimmer. Sie störte mich zwar immer noch, aber ich wußte ja, daß diese Störung nicht allzulang dauern werde. Ich war immer freundlich zu Stella, ebenso freundlich, wie ich zu meiner Bedienerin, dem Briefträger oder Wolfgangs Schulfreunden bin.

Ich fing wieder an, meinen alten Gedanken nachzuhängen, von einem Fenster zum andern zu gehen, rauchend oder die Hände in die Ärmel geschoben, und in den kahl gewordenen Garten zu schauen. Ich kaufte Blumen, die mit der fortschreitenden Kälte immer teurer wurden, ging pflichtschuldig mit Annette spazieren und unterhielt mich mit Wolfgang über die Bücher, die er fortwährend verschlang und die vielleicht nicht alle für ihn passen mochten. Natürlich versorgte ich auch den Haushalt, ärgerte mich über Annette, die in der Schule faul und schlampig war, und besprach, wie üblich, mit Richard alle Angelegenheiten, die die Kinder und den Haushalt betrafen. Alles tat ich mit Routine, die Wirklichkeit war das In-den-Garten-Starren, das ruhelose Umherwandern im Haus und die Wärme in der Brust bei Wolfgangs Anblick.

Vor Jahren war mir etwas geschehen, das mich in einem reduzierten Zustand zurückgelassen hatte, als einen Automaten, der seine Arbeit verrichtet, kaum noch leidet und nur für Sekunden zurückverwandelt wird in die lebendige junge Frau, die er einmal war. Wolfgangs rührende Nackenlinie, die Rosen in der weißen Vase, ein Luftzug, der die Vorhänge bauscht, und plötzlich spüre ich, daß ich noch lebe.

Und dann gibt es noch das andere, das mich mit Furcht erfüllt, mit Entsetzen, mit dem Gefühl, im nächsten Augenblick werde etwas auf mich zuspringen und die unsichtbare Wand zerschlagen.

Ich weiß, das darf nicht geschehen, aber immer wieder drängt es sich an mich, es starrt mich an aus den fremden Gesichtern auf der Straße, erhebt sich im Geheul eines Hundes, steigt mir im Fleischerladen als Blutgestank in die Nase und berührt mich als eine kalte Hand beim Anblick von Richards vollem, heiterem Gesicht.

Etwas muß mir vor Jahren geschehen sein, seither glaube ich es nicht ertragen zu können, daß, unfaßbar für mein Hirn und Herz, Gut und Böse eins sind. Um dieses Wissen zu ertragen, bedürfte man der Lebenskraft eines Riesen. Aber die Riesen kommen gar nicht in diese Lage, ein handfester Knüttel ersetzt ihnen das Denken. Sie ziehen es vor zu leben. Immer müssen die Denkenden darauf verzichten zu leben, und die Lebenden haben es nicht nötig zu denken. Die erlösende Tat wird nie getan werden, denn der die Kraft hätte, sie zu tun, weiß nicht, daß er sie tun muß, und der Wissende ist unfähig zu handeln.

Stella gehörte zu den Lebenden. Viel mehr als einem Menschen glich sie einer großen, grauen Katze oder einem jungen Laubbaum. Gedankenlos und unschuldig saß sie an unserem Tisch und wartete auf das Schicksal. Richard brauchte nur die Hand auszustrecken, um ihr bräunliches Gelenk zu umfassen. Er tat es nicht, aber er lächelte, während er ruhig und voll Genuß das Fleisch auf seinem Teller zerschnitt.

Richard ist der geborene Verräter. Mit einem Körper ausgestattet, der ihn zum unaufhörlichen Genuß befähigt, könnte er zufrieden leben, wenn er nicht obendrein mit einem blendenden Verstand begabt wäre. Dieser Verstand erst macht die Vergnügungen seines genußsüchtigen Körpers zu Untaten. Richard ist ein Ungeheuer: fürsorglicher Familienvater, geschätzter Anwalt, leidenschaftlicher Liebhaber, Verräter, Lügner und Mörder.

Alles dies weiß ich seit Jahren, und wenn ich wüßte, wen ich für dieses Wissen verantwortlich machen könnte, würde ich ihn umbringen. Früher sah ich die Schuld nur bei Richard, und ich fing an, ihn zu hassen. Aber jetzt weiß ich längst, es ist nicht seine Schuld, daß ich auf die Tatsache seines Vorhandenseins auf diese Weise reagiere. Es gibt so viele von seiner Art, alle Welt weiß es offenbar und nimmt es hin, und niemand macht ihnen den Prozeß. Wer macht es, daß ich es nicht ebenso hinnehmen kann? Ich höre langsam auf zu hoffen, daß sich dieser Jemand eines Tages stellen wird, und selbst wenn er es täte, ich wüßte nichts mit ihm anzufangen. Mein Zorn ist längst verraucht, geblieben ist nur das Grauen, das mich ganz beherrscht und in dem ich wohne wie in einem verhaßten Raum. Es ist in mich eingedrungen, es hat mich ganz durchtränkt und begleitet mich überallhin. Es gibt keine Flucht. Mein schlimmster Gedanke ist, daß auch der Tod nicht tödlich genug sein könnte, um es endlich auszulöschen.

Aber das Grauen und das Wissen um die Wahrheit, die man nicht wissen sollte, sind eingefügt in die Ordnung des Alltags. Ja, ich klammere mich an diese Ordnung, an die regelmäßigen Mahlzeiten, die täglich wiederkehrende Arbeit, die Besuche und Spaziergänge. Ich liebe diese Ordnung, die es mir möglich macht zu leben.

Eines Tages fiel mir auf, mit welch rührendem Gleichmut Stella ihre Kleider trug, diese braunen, weinroten und lila Scheußlichkeiten, die ihr zu weit oder zu eng waren und von Luises Bosheit zeugten. »Man müßte ihr anständige Kleider kaufen«, sagte ich zu Richard, »und sie wäre eine Schönheit.« Er hob den Blick von der Zeitung, sah mich erstaunt an und sagte: »Glaubst du?«

Ich kenne seine Schwäche für zierliche, aparte Frauen und fuhr fort, Stellas Vorzüge zu preisen. Er lachte dazu, wiegte den Kopf bedauernd hin und her und meinte schließlich, es sei nicht unsere Sache, ihr Kleider zu kaufen. In zwei Jahren, einmal im Besitz der Apotheke, werde sie schon anfangen, sich anständig anzuziehen. »Luise«, sagte ich, »ist ein Scheusal.« Richard zog die Schultern komisch hoch, schüttelte sich ein bißchen und lachte. Plötzlich kam mir ein Einfall. Wie, wenn ich Stella beibrächte, sich anzuziehen? Ich schloß die Augen und sah sie in einem weißen Kleid eine Stiege herunterschreiten, lächelnd mit gewölbten Lippen, das rotbraune Haar glänzend und locker, jung, schön und verlockend. Ich sah Richards weiße, feste Hände die Zeitung halten, und eine Art Genugtuung darüber erfüllte mich, daß er nicht fähig war, diese Schönheit zu sehen, verdorben von seiner Neigung zu einer künstlichen, raffinierten Hübschheit.

In der folgenden Woche kam die Schneiderin ins Haus und nähte ein paar Kleider für Stella, aus billigen Stoffen, aber in hellen Farben, wie sie für ein junges Mädchen passen.

Die Verwandlung war vollkommen. Stella stand vor dem Spiegel und sah sich zum erstenmal selbst. »Du bist schön, Stella«, sagte ich und zupfte eine Falte zurecht. Sie sah mich nicht an und sprach ernsthaft in den Spiegel hinein, »ich bin schön«, verwundert, überrascht und schließlich überwältigt von dem neuen Gefühl, das meine Worte und ihr Bild in ihr geweckt hatten, und noch einmal, »ich bin schön«.

Nun hätte ich eigentlich triumphieren können. Luise, der Drachen, war überlistet. Es war durchaus möglich, daß die verwandelte Stella einen Verlobten nach Hause brachte, der dafür sorgte, daß in Zukunft Stellas Vermögen nicht mehr in Luises Kleider, Hüte und Liebhaber umgesetzt wurde. Aber seltsamerweise konnte ich mich nicht mehr freuen. Übrigens hat mich noch nie ein Triumph befriedigt, er versetzt mich meist in Verlegenheit oder sogar in eine leichte quälende Trauer. Vielleicht kommt es daher, daß mein Triumph die Niederlage eines anderen bedeutet, in den ich mich verwandle und nun mit ihm leiden muß. Luise war mir aber so zuwider, daß ich dieses Gefühl für sie nicht aufgebracht hätte. Was mich störte in meiner Freude, war Stellas Gesicht im Spiegel, dieses leuchtende Gesicht, das junge blühende Fleisch und der hingegebene Blick, der ganz diesem neuen Glanz verfallen war. Unbehagen kroch an mir hinauf. Stella hatte aufgehört, das Kind Stella zu sein. Eine Leere war in ihrer Brust und würde die Welt an sich ziehen. Und das gefiel mir nicht. Denn es lag nicht in meiner Macht, den Strom zu lenken, der diese Leere erfüllen sollte. »Stella«, sagte ich rasch, »Stella, mußt du nicht noch Stenographie üben heute?«

Sie legte die Hände über die Augen, in einer rührend kindlichen Bewegung und wandte sich zu mir. Ihre Arme fielen herab, der Glanz in ihren Augen erlosch, und seufzend wandte sie sich zur Tür.

An diesem Abend merkte Richard noch nicht, daß eine neue Stella ihm gegenübersaß. Aber Annette merkte es und auch Wolfgang, der mich fragend und nachdenklich ansah.

Stella aber, in ihrem erdbeerfarbigen Kleid, aß fast nichts und sah verträumt vor sich hin. Völlig eins mit ihrem gesunden, jungen Körper, trank sie selbstvergessen, in kleinen Schlucken, ihren Tee.

Der Vogel sitzt noch immer in der Linde. Die ganze Nacht hat er sich nicht vom Fleck gerührt. Er schreit nicht mehr, piepst nur noch ganz schwach. Wenn ich das Fenster schließe, höre ich ihn nicht mehr. Er ist jetzt so winzig, daß man ihn kaum noch einen Vogel nennen kann. Seine Mutter ist nicht gekommen, und ich glaube, sie wird auch nicht mehr kommen.

Wenn ich allein im Haus bin, wird mir immer bewußt, daß das nicht mein Haus ist. Ich fühle mich manchmal wie ein Logiergast darin. Mir gehört nur die Aussicht in den Garten, sonst nichts. Früher hab' ich mir manchmal eingebildet, ich hätte wenigstens ein Heim, aber seit Stella tot ist, hat sich der goldene Käfig in einen Kerker verwandelt. Wenn ich mich nicht irre, ist auch der Garten vom Haus abgerückt. Er geht von mir fort, langsam, fast unmerklich, eines Tages wird er verschwunden sein, und ich werde aus dem Fenster in die Leere starren und denken, hier war früher die Linde und dort der Rasenfleck mit den Schneeballsträuchern. Vielleicht liegt es an den Fenstern. Sie trüben sich allmählich, bis sie mir die Aussicht versperrt haben werden.

Es hat angefangen zu regnen, das ist gut für den Vogel, solange der Regen nicht kalt ist. Es wird ihn ein wenig erfrischen, er muß ja am Verdursten sein. Ich glaube nicht, daß er sehr leidet. Gewiß macht ihn die Schwäche matt und schläfrig. Er ist aus seiner Welt, aus der Hand des Vogelgottes gefallen: ich kann ihm nicht helfen und muß versuchen, ihn zu vergessen.

Aber ich will ja über Stella schreiben und über die Art, auf die wir sie umgebracht haben.

Es fing mit den verwünschten neuen Kleidern an, nein, nicht mit den Kleidern, es fing damit an, daß ich sie in unser Haus aufnahm. Ich hätte wissen müssen, daß es für Richard keine Grenzen gibt, daß er nichts respektiert und daß ein großes, einfaches Kind eine sehr reizvolle Abwechslung sein kann für einen Mann, der von jeder Art von Liebe übersättigt ist. Man darf das Lamm nicht in die Höhle des Wolfes bringen, und genau das hab' ich getan. Ich frage mich, warum mich das so quält. Wem bin ich Rechenschaft schuldig, und vor wessen Strafe müßte ich Angst haben? Ich weiß, daß es nicht moralische und ethische Bedenken sind, die mich verfolgen. Ich glaube, jeder Mensch trägt sein Gesetz in sich, und es sind ihm Grenzen gezogen, die er nicht überschreiten kann, ohne sich selbst zu zerstören. Mein Gesetz war die Unantastbarkeit des Lebens, und ich habe meine Grenze überschritten, indem ich ruhig und gedankenlos zuließ, daß Stellas Leben vor meinen Augen vernichtet wurde.

Es ist nicht meine Sache, Richard anzuklagen. Meine Aufgabe wäre es gewesen, das Leben zu behüten und vor mörderischen Zugriffen zu schützen. Und was habe ich tatsächlich getan? Ich habe das Leben einer Frau in guten Verhältnissen geführt, bin am Fenster gelehnt und habe den Duft der Jahreszeiten geatmet, während rings um mich getötet und verletzt wurde.

Es darf mich nicht wundern, wenn der Garten anfängt, mich zu verstoßen. Die geheimnisvolle Kraft, die die Blätter der Linde grünen läßt, war es ja auch, die das Blut durch Stellas jungen Körper trieb, diesen sanften roten Saft, der in großen Lachen auf den Pflastersteinen stand.

Die Linde weiß von meinem Verrat, auch der sterbende Vogel weiß es. Sie wollen mich nicht mehr. Ich lese es in den Augen der Kinder, ich spüre es, wenn ich fremde Hunde und Katzen streichle, und wenn ich mich der Hyazinthe auf meinem Tischchen nähere, erstarrt sie in Abwehr und Furcht. Verrätern wird nicht verziehen, sagen mir ihre glänzenden Blüten, und ihr Duft erinnert mich an den süßlichen Geruch, der von Stellas Bahre aufstieg.

Natürlich könnte ich weiterhin davonlaufen vor dem Wissen, aber ich habe es satt davonzulaufen. Ich weiß, es wird nichts besser davon, daß ich meine Schuld bekenne. Es wird mich nicht einmal erleichtern. Nie hab' ich die Wohltat der Beichte begriffen. Sie mag es für andere sein, und ich hoffe, daß sie es ist, aber die Mächte, denen ich unterstehe, vergessen und verzeihen nicht. Sie verstoßen endgültig das unbotmäßige Kind.

Ich erinnere mich, einmal winzige Pfingstrosenknospen von den schon verwelkten Sträuchern abgeschnitten zu haben. Ich hoffte, sie noch ein paar Tage am Leben erhalten zu können, und wirklich fingen sie am nächsten Tag an, sich zu öffnen. Vor meinen Augen dehnten sich die kleinen Blätter, und dann geschah das Erschreckende: als hätten die grünen Hände ihrer toten Mütter sie plötzlich losgelassen, fielen sie als kleine rosa Bälle auf das Tischtuch nieder.

So hat auch mich die große grüne Hand, aus der ich gekommen bin, losgelassen. Ich falle und falle, und niemand wird mich auffangen.

Stella, noch in der feuchten Erde geliebt und gehalten von hundert kleinen Wurzelfingern, um wieviel endgültiger bin ich tot als du!

Zwei Monate, nachdem Stella zu uns gekommen war, sah ich zum erstenmal jenen wachen, abschätzenden Ausdruck in Richards Augen, mit dem er die Frauen zu verfolgen pflegt. Wahrscheinlich hatte er sie schon früher auf diese Weise angesehen, und ich hatte es nur nicht gemerkt. Niemand ist leichter zu hintergehen als ich. Es langweilt mich, wenn ich mich in die Angelegenheiten anderer Leute mischen soll, und es ist mir in tiefster Seele zuwider.

Damals, Mitte November, war ich ganz mit Wolfgang beschäftigt. Wir übersetzten gemeinsam die Ilias, und diese Beschäftigung und der Anblick von Wolfgangs eifrigem jungen Gesicht machte mich so ruhig und zufrieden, wie es ein Mensch von meiner Art nur sein kann. Ich weiß, es war nicht das Glück, es war etwas ganz anderes, ein Glücksersatz für Leute, die aus irgendeinem Grund auf das richtige Glück verzichtet haben. Mein Zimmer war unser kleines Schiff, und während wir vor Troja standen, versank die Wirklichkeit um uns. Achill, so behauptete Wolfgang, sei einfach hysterisch gewesen. Er zog mißbilligend die Nase kraus, und ich verstand ihn nur zu gut, obgleich ich immer bedauert habe, daß sich der schöne Wahnsinn der Alten in unserer Zeit so schmählich als Hysterie entpuppt hat. Wolfgang kann natürlich noch nicht ahnen, daß sich diese unsere billige Hysterie in nicht zu ferner Zeit wieder in den schönen Wahnsinn verwandeln wird.

Sein Herz schlug damals für Kassandra, zu meiner größten Verwunderung, denn ich fand sie keine anziehende Figur für einen Halbwüchsigen. Aber warum eigentlich sollte er nicht geahnt haben, daß sie die wahre Heldin ist? Warum unterschätzen wir unsere Kinder so sehr? Vor einiger Zeit fiel mir einer meiner alten Schulaufsätze in die Hände und versetzte mich in größte Verwunderung. Ich konnte mich nicht entsinnen, ihn geschrieben zu haben. Aber es war die wohlbekannte Kinderschrift, die Schrift einer gläubigen, ungebrochenen Persönlichkeit von vierzehn Jahren. Wo war sie in den folgenden Jahren hingekommen? Ich weiß es nicht, voll Neid und Bewunderung starrte ich, eine vierzigjährige Frau, auf das Blatt Papier nieder mit der Gewißheit eines großen Verlustes im Herzen.

Manchmal sagt Wolfgang etwas Geniales. Er wird es mit den Jahren immer seltener tun, und endlich wird er wie jetzt ich an einem Fenster stehen, erfüllt von dumpfer Trauer um das halb Vergessene und nie Gekannte. Ein großer, ein wenig zu hagerer Mann mit nachdenklichen grauen Augen und nervösen Händen, die eine Zigarette nach der anderen entzünden und wieder zerdrücken, hilflos, wie ich es bin, wie mein Vater es war und jener ferne Urahn, der als erster das Ticken der Unrast spürte und an das Fenster seiner Hütte trat.

Damals also, im November, als ich so sehr mit der Ilias und Wolfgang beschäftigt war, sagte mir Stella eines Abends, daß sie einen Italienischkurs besuchen werde, und dreimal in der Woche erst um neun Uhr nach Hause kommen könne. Ich sah sie an, wie sie so vor mir stand, eine zarte Röte auf den ein wenig zu hohen Backenknochen, die langen Finger ineinandergeschlungen und meinem Blick ausweichend. Ich dachte, daß sie das Italienische doch nie erlernen werde, denn sie hatte gar kein Sprachtalent, aber ihr Vorsatz war sicher lobenswert. Es war mir auch ganz einerlei, meinetwegen mochte sie Kirgisisch lernen, was übrigens viel besser zu ihr gepaßt hätte. Stella war nicht mein Kind, mochte sie tun und lassen, was ihr gefiel. Ich sagte irgend etwas von kaltem Abendessen und tauchte zurück in die Welt Trojas.

Und Stella besuchte ihren Abendkurs mit größter Regelmäßigkeit. Damals fing sie an, zu einer jungen Frau aufzublühen. Ihre eckigen Bewegungen wurden weicher, und ihr Gesicht rundete sich ein wenig. Sie war jetzt eher hübsch als schön, und so erfreulich sie anzusehen war, hatte sie mir früher in ihren braunen Kleidern fast besser gefallen.

Dann fing Richard an, mit ihr auszugehen. Übrigens, ich erinnere mich, geschah das auf meine Veranlassung. Ich hasse es, auf gewisse Unterhaltungen zu gehen, und war froh, eine Partnerin für ihn gefunden zu haben. Ich glaube, er sträubte sich anfangs sogar dagegen, aber ich habe ja schon erwähnt, daß Richard sehr klug ist. Die Hausschneiderin nähte für Stella ein Kleid aus billigem weißen Taft, und Stella sah aus wie die Prinzessin aus dem Farbfilm. Richard war sichtlich stolz und benahm sich wie ein wohlwollender Onkel. Übrigens ist diese Onkelhaftigkeit nicht einmal gespielt, sie liegt in seiner Natur, neben ganz entgegengesetzten Eigenschaften, und er weiß sich ihrer sehr geschickt zu bedienen. Richard ist Diplomat und Gewaltmensch, kein Wunder also, daß er fast immer Erfolg hat. Mit der größten Geduld und Hartnäckigkeit versucht er auf liebenswürdige Art, sein Ziel zu erreichen. Erst wenn sein Scharm versagt, beginnt er, brutal zu werden. Aber das wissen nicht viele, und die es wissen, hat er so sehr in der Hand, daß sie nicht wagen können, gegen ihn aufzutreten.

So gingen sie also zum Fest, der gute Onkel und das törichte junge Mädchen.

Nachdem die beiden fort waren, ging ich in die Küche und richtete das Abendessen für die Kinder, stellte alles auf ein Tablett und trug es ins Kinderzimmer. Annette lag auf dem Teppich, die Beine in der Luft, und las die Micky-Maus. Sie lachte laut, und ich zuckte zusammen. Immer versetzt mir ihr Lachen einen leichten Schock. Ich begreife nicht, daß ein achtjähriges Kind wie Richard lachen kann, oder, besser gesagt, wie Richard lachen würde, wäre er ein kleines Mädchen. Annette ist die einzige von uns, die an Stellas Tod unschuldig ist. Wolfgang war, ohne es zu ahnen, ein Werkzeug dazu. Ihm zuliebe, um ihn in der Illusion zu erhalten, er wachse in einer geordneten Familie auf, habe ich zu allem geschwiegen. Aber nicht nur Wolfgang zuliebe, sondern auch einfach aus Feigheit und Bequemlichkeit.

Wolfgang kam jetzt aus seinem Zimmer, nahm mir das Tablett mit der Milch ab und begleitete mich zum Tisch. Dieses Kind hat von seinem ersten Tag an etwas Rührendes an sich. Er war, wenn es das gibt, schon als Baby rücksichtsvoll und nachdenklich.

Und obgleich er sich nicht viel anders benimmt als alle Jungen seines Alters, hat es für mich manchmal den Anschein, als tue er das nur aus Kameradschaftlichkeit und aus einem Gefühl für das Passende heraus. Es gibt Augenblicke, in denen plötzlich die Rollen vertauscht sind und ich zu einem törichten Kind werde, während seine dunkelgrauen Augen mild und nachsichtig auf mir ruhen, wie die Augen eines Vaters. Unter seiner Fügsamkeit und seinem äußeren Gehorsam verbirgt sich etwas ganz anderes.

Wolfgang ist der einzige Mensch, der Richard unsicher machen kann. Im übrigen gehen sie einander aus dem Weg, sogar wenn sie am selben Tisch sitzen.

Ich legte meinen Arm um Wolfgangs Rücken und sagte: »War Stella heute nicht hübsch, wie eine Prinzessin?« Er sah mich zornig an. »Wie eine Prinzessin? Lächerlich, eine dumme Gans ist sie. Du bist hundertmal schöner.« Ich lächelte geschmeichelt. »Lieb von dir«, sagte ich, »aber es stimmt nicht, und sie hat wirklich ausgesehen wie eine Prinzessin.« Er schwieg und sah an mir vorüber.

Später setzte ich mich an den Rand seines Bettes. Das Licht der Straßenlaterne fiel auf sein Gesicht. Ich sah, daß er angestrengt nachdachte. »Was ist los?« sagte ich, noch immer im scherzenden Ton. Sein Gesicht, eben noch ernst und angestrengt, wurde mit einem Schlag weich und kindlich. »Warum«, sagte er, »kannst du nicht im Sommer mit mir wegfahren, nur mit mir allein? Annette kann zur Großmama gehen, und Papa ist alt genug, daß er einmal allein wegfährt.«

Ich dachte nach. Wolfgang hatte recht. Wir hätten zusammen eine herrliche Zeit haben können an irgendeinem See oder im Gebirge. Warum mußte ich jedes Jahr mit Richard wegfahren, der sich viel besser ohne mich hätte unterhalten können? Richard liebt es, im Auto zu rasen, an einem Tag fünf Städte zu

»machen« und am Abend noch auszugehen. Jeder Urlaub mit ihm verbraucht meine Kräfte bis auf den letzten Rest, und es dauert dann bis in den Winter hinein, ehe ich mich davon erholt habe. Jedes Jahr fürchte ich mich vor dieser Reise, und jedes Jahr fahre ich widerstandslos mit ihm. Tatsächlich, warum sollte ich nicht endlich tun dürfen, was mir gefiel und was schon lange mein Wunsch war?

»Ich werde mit Papa darüber reden«, sagte ich. Ich wußte, es war schwierig. Richard fühlt sich verpflichtet, seinen Urlaub mit mir zu verbringen. Er haßt nichts mehr als Zustände, die er als schlampig und unsolid bezeichnet, vielleicht, weil er selbst sich ununterbrochen in diesem Zustand befindet. Unsolid und überspannt ist es seiner Meinung nach, getrennte Schlafzimmer zu benützen, den Urlaub nicht mit der Gattin zu verbringen und am Sonntag nicht mit den Kindern in den Zoo oder ins Kino zu gehen. Er würde sich auch niemals von mir trennen. Ich bin die Hüterin seines Hauses und seiner Kinder, und als ein Mensch, der im geheimen in der tiefsten Anarchie lebt, schätzt er nichts mehr als die äußere Ordnung und Genauigkeit. Keiner hütet die Moral strenger als der heimliche Gesetzesbrecher, denn es ist ihm klar, daß die Menschheit untergehen würde, hätte jeder Mensch die Möglichkeit, so zu leben, wie er es tut.

Als ganz junge Frau fragte ich ihn einmal: »Warum liebst du mich?« Seine Antwort kam rasch und sicher: »Weil du mir gehörst.«

Nicht wegen meines Aussehens also oder wegen meiner liebenswerten Eigenschaften liebte er mich, sondern nur als seinen Besitz.

Eine beliebige Person an meiner Stelle hätte er ebenso geliebt, und auf diese Weise liebt er seine Kinder, sein Haus, kurz alles, was zu seiner Person gehört. Etwas in mir sträubte sich schon damals gegen diese Art von Liebe, aber ich schwieg, weil ich schon erfahren hatte, daß ein Gespräch zwischen uns unmöglich war.

Keine seiner Geliebten wird ihn je dazu bringen, seine Familie, das heißt seinen Besitz, aufzugeben, und wenn es mir eines Tages einfallen sollte, ihn zu verlassen, wird er hartnäckig und rachsüchtig mein Leben zerstören. Aber Richard gehört zu den Männern, die ihren Frauen den Geschmack an Liebhabern verderben. Es wäre mir unmöglich, von einem anderen Mann auch nur die leiseste Liebkosung hinzunehmen. Ich bin einzig und allein Richards Frau, und seit ich das nicht mehr ertragen kann, bin ich dazu verurteilt, allein zu bleiben.

Eine Zeitlang konzentrierte sich mein ganzes Gefühl auf Wolfgang. Ich wurde eine närrische Mutter und erkannte es bald selbst. Dann fing ich an, mich streng zu kontrollieren. Niemand weiß, wie oft ich die schon halb erhobene Hand zurückzog, die sich danach sehnte, sein Haar und seine Stirn zu berühren. Niemand weiß, wie oft ich, vor der Tür des Kinderzimmers stehend, mich lautlos abwandte und zurück in mein Zimmer ging. Ich habe mich verschlossen, gegen den Duft seiner Haut, gegen seine Stimme und die Verlockung der schwarzen Wimpern über gerundeten Wangen. Das Maß an Zärtlichkeit, das ich mir gestattete, ist genau so viel, daß ich davon leben kann und Wolfgang keinen Schaden erleidet.

Aber, wer weiß, vielleicht schade ich ihm trotzdem, vielleicht habe ich ihm immer geschadet.

Ich sagte: »Du mußt jetzt schlafen, Wolfgang.« Er legte die Arme um meinen Hals, drückte seine kühle Nase gegen meine

Wange und sagte: »Und Stella ist doch eine dumme Gans.« Ich machte mich sanft von ihm los und ging aus dem Zimmer. Es tat mir leid, daß Wolfgang Stella nicht mochte, denn ich hatte angefangen, mich an ihre Gegenwart zu gewöhnen.

Richard und Stella kamen spät nach Hause, und ich stellte mich schlafend, um durch ein Gespräch nicht wieder hellwach zu werden. Durch schmale Lidspalten sah ich, wie Richard sich auszog, die Kleider säuberlich hinlegte – er ist in diesen Dingen sehr ordentlich – und dann ins Badezimmer ging. Nach einer Weile erschien er wieder, nach Seife und Zahnpasta duftend, und rückte an meine Seite. Er schob die Hand unter meine Schulter und schlief auf der Stelle ein. Diese Bewegung bedeutet: Da bin ich also wieder, und ich hoffe alles in Ordnung vorzufinden, in der Ordnung, die für mich zufällig Anna heißt und in meinem Bett schläft.

Längst hab' ich es aufgegeben, von seiner Hand abzurücken, ich blieb auch damals ruhig darauf liegen, spürte ihre Wärme durch die Seide des Nachtgewandes und starrte in die Dunkelheit. In jener Nacht träumte ich, ich hätte der armen Kassandra auf offener Straße einen Stein nachgeworfen, erbittert von ihren Weissagungen. Was sie mir aber gesagt hatte, vergaß ich im Moment des Erwachens vollkommen.

Richard besuchte mit Stella noch zwei oder drei Unterhaltungen, und das Mädchen fing an, sich sicherer zu bewegen, freier zu sprechen und ihren Altersgenossen ähnlicher zu werden. Auch damals konnte ich keinen rechten Kontakt zu Stella finden. Ich hörte sie manchmal in der Küche mit der Bedienerin reden, sah, wie sie mit Annette spielte, und ärgerte mich darüber, daß mir nichts einfiel, was ich ihr hätte sagen können. Wolfgang ging ihr sichtlich aus dem Weg, und Richard schien sich kaum um sie zu kümmern. Er ist ja auch so wenig zu Hause. Da sein Büro in der inneren Stadt liegt, kommt er nur am Abend zum Essen, und auch da wird es oft sehr spät. Ich weiß nicht, wie er viele seiner Abende verbringt, und möchte es auch nicht wissen.

Am Sonntag fahren wir mit den Kindern meist weg, oder Richard geht mit ihnen ins Kino, in den letzten Monaten mit Annette allein, da Wolfgang anfängt, seine eigenen Wege zu gehen. Um Stella also kümmerte er sich nicht. An Sonntagen blieb sie lieber daheim, stopfte und wusch, manikürte ihre Nägel und lernte ein wenig. Wahrscheinlich langweilte sie sich sehr dabei, denn sie las nicht. Manchmal gab ich ihr ein Buch. Sie dankte, blätterte ein wenig darin und legte es wieder zurück. Die größte Freude schien sie noch am Kino zu haben, von wo sie erhitzt und mit roten Wangen zurückkam. Damals hatte ich oft den Eindruck, Richard warte nur auf den Tag, an dem dieser Fremdkörper wieder aus unserem Haus verschwinden werde. Dann tat mir Stella leid, aber sie schien seine gleichgültige Haltung kaum zu merken.

Ich habe mit Stella nie über etwas anderes als über die alltäglichsten Dinge geredet. Manchmal versuchte ich, sie ins Gespräch zu ziehen, fand aber nicht den leisesten Widerhall. Sie konnte, wie es schien, ihre Befangenheit mir gegenüber nicht ablegen. Ich führte diese Tatsache auf Luises schlechte Behandlung zurück. Jede Frau in Luises Alter, überhaupt jede Mutter mochte Stella gefährlich erscheinen.

An einem Märzabend saßen Wolfgang und ich am Tisch, Annette hatte ich schon zu Bett gebracht. Es war ganz still im Zimmer, wir lieben es beide nicht, beim Lesen Musik zu hören. Ich dachte daran, daß gleich Richard nach Hause kommen und unsere schöne Stille mit Betrieb erfüllen werde, und dieser Gedanke machte mich so unruhig, daß ich mich nicht mehr richtig auf mein Buch konzentrieren konnte. Wolfgang hatte das Gesicht gesenkt, eine dunkle Strähne war ihm in die Stirn gefallen und glänzte im Lampenlicht rötlich. Wie immer, wenn ich ihn beim Lesen beobachtete, hatte ich das Verlangen, ihn zu streicheln. Ich tat es aber nicht, denn wer weiß, ob er es gemocht hätte. So begnügte ich mich damit, ihm ein Stück Konfekt zuzuschieben, das er, einen Dank murmelnd, neben sein Buch legte. Auch mit Süßigkeiten ist er nicht zu bestechen. Er nimmt sie wohl an, aber dann liegen sie in seinem Zimmer, bis die kleine Annette sie findet und aufißt.

Ich war aufgestanden und ans Fenster getreten. Es regnete schon tagelang. Und dann sah ich Stella über den Gartenweg kommen, den Kopf gesenkt und ein wenig taumelnd, als sei sie betrunken oder entsetzlich müde.

»Stella kommt«, sagte ich und wandte mich um. Wolfgang schien nicht zu hören. Stella sperrte die Tür auf und verschwand im Haus. Ich hörte sie die Stiege heraufkommen, die Wohnungstür aufsperren und im Vorzimmer ablegen. Es dauerte fünf Minuten, bis sie hereinkam. Geblendet vom hellen Licht, schloß sie die Augen.

»Du bist ja ganz naß«, sagte ich mißbilligend, »hast du den Schirm vergessen?«

»Ja«, sagte Stella noch ganz atemlos, »den Schirm vergessen.« Ihr Haar lag feucht und glänzend um den Kopf. Ich schenkte ihr Tee ein, und sie setzte sich zu uns und trank in langen Zügen wie eine Verdurstende. »Aber Stella«, sagte ich, »du zitterst ja, was hast du denn?«

Sie sah mich fast zornig an: »Nichts«, sagte sie. »Gar nichts, ich bin nur so gelaufen, die Elektrische ist mir weggefahren.« Mit abgewandtem Gesicht zerkrümelte sie ein Brötchen.

Plötzlich sah ich, daß Wolfgang nicht mehr las. Aus halbgesenkten Augen sah er Stella von der Seite an und errötete langsam bis in die Stirn. Ich folgte seinem Blick und sah, daß an ihrer Bluse zwei Knöpfe fehlten und ihr Hals merkwürdig gefleckt aussah.

»Es wird spät, Wolfgang«, sagte ich, »geh lieber schlafen.« Ohne Widerrede stand er auf und ging aus dem Zimmer. Als er gegangen war, überlegte ich, ob ich zu Stella etwas sagen sollte, unterließ es aber dann. Sie würde es ja beim Ausziehen selbst bemerken oder hatte es schon im Vorzimmer bemerkt. Offenbar war sie schon so müde, daß sie nicht mehr gerade sitzen konnte. Sie ging auch sofort zu Bett, und ich wandte mich wieder meinem Buch zu. Richard kam nach einer Viertelstunde in bester Laune nach Hause. So klug er ist, gibt es doch eine Menge Kleinigkeiten, die ihn immer verraten. Diese blendende Laune und Aufgeräumtheit bedeutet bei ihm, daß er getrunken hat oder von einer Frau kommt. An diesem Abend hatte er nicht getrunken, ich roch es an seinem Atem. Er hatte Appetit und aß mehr, als ihm, meiner Meinung nach, am Abend guttut. Während er aß, erzählte er mir angeregt von der Verhandlung, der er vormittags beigewohnt hatte und bei der sein Klient freigegangen war. Es sollte den Anschein erwecken, diese Tatsache habe ihn in so blendende Laune versetzt.

Aber er konnte mich nicht täuschen, ich kenne die fröhliche Stimmung nach Berufserfolgen, die Aufgeräumtheit nach Herrenabenden und das gesteigerte Lebensgefühl nach einem Liebesabenteuer, diesen Triumph des Männchens, das sein Weibchen gehabt hat. Immer wenn Richard versucht, mich irrezuführen, überfällt mich ein unbegreifliches Schamgefühl. Dabei bin doch nicht ich es, die sich zu schämen hat. Aber gerade seine Schamlosigkeit macht mich stumm vor Scham. Ich kann ihm dann nicht in die Augen schauen und bin unfähig, auf den leichten Konversationston, den er in diesem Fall für angebracht hält, einzugehen. Ich bin eine sehr schlechte Schauspielerin, aber Richard spielt ja für uns beide. Schließlich hörte er auf, mir zu erzählen, wandte sich der Zeitung zu und trank mit heimlichem genießerischen Lächeln seinen Rotwein.

Ich ging zu Bett und stellte mich schlafend, als er nachkam. Er drehte rücksichtsvoll das Licht ab und schob die Hand unter meine Decke. Sie blieb auf meiner Schulter liegen, und ich bewegte mich nicht. Diese Hand war so warm und lebendig. Noch vor ein paar Stunden hatte sie eine fremde Frau gestreichelt, aber ich ekelte mich nicht vor ihr. Nichts an Richard ist so, daß man sich davor ekeln könnte. Wenn ich mein Wissen über seine wahre Natur zur Seite schieben könnte, unserem Glück würde nichts im Wege stehn. Und noch heute erfüllt mich manchmal das Verlangen, alles zu vergessen und mich seinem großen starken Körper anzuvertrauen, diesem Körper, der dazu gemacht ist, Lust zu nehmen und zu schenken.

Nicht Ekel war es, was mich erfüllte unter dem leichten Druck seiner Hand, sondern jene Furcht, die ich nur zu gut kenne. Die Furcht vor dem oberflächlich gezähmten Raubtier, das sich bei guter Fütterung und Wartung damit begnügt, kleine nächtliche Raubzüge zu unternehmen, nach denen es wieder zufrieden schnurrend auf sein Lager zurückkehrt. Und manchmal vergaß dieses Tier, die Spuren seiner Raubzüge rechtzeitig zu tilgen. Es roch dann nach dem fremden Parfüm seiner Opfer und trug blutrote Lippenstiftflecken auf dem weißen Hemdkragen.

Natürlich hätte ich flüchten können und habe auch jahrelang mit diesem Gedanken gespielt, aber es ist in Wahrheit unmöglich zu flüchten. Das Leben mit Richard hat mich verdorben und unbrauchbar gemacht. Alles, was ich anfinge, wäre sinnlos, seit ich weiß, daß es gütige Mörder gibt. Rechtsvertreter, die täglich das Recht verletzen, mutige Feiglinge und treue Verräter. Die monströse Mischung von Engelsgesicht und Teufelsfratze war mir so vertraut geworden, daß jedes reine, unbefleckte Bild nur mein tiefstes Mißtrauen zu wecken vermochte.

Richard war eingeschlafen. Seine Hand lag noch immer auf mir, schwer jetzt, unerträglich schwer und warm.

Ich glitt aus dem Bett und ging in die Küche, um ein Glas Wasser zu holen.

Als ich an Stellas Tür vorbeikam, hörte ich sie stöhnen. Ich blieb stehen und lauschte. Stella weinte. Sie weinte nicht verhalten und unterdrückt, wie erwachsene Menschen zu weinen pflegen, nach den Regeln der Trauer, sondern wild und hemmungslos. Es klang sehr häßlich. Die Flecken auf ihrem Hals fielen mir ein. Kein Zweifel, Stella befand sich auf Abwegen. Es wäre meine Pflicht gewesen, sie zu warnen, ihr gut zuzureden, oder sie wenigstens zu trösten.

Nichts von alldem tat ich. Ich hasse hemmungslose Gefühlsausbrüche, außerdem war es mir klar, daß ich dieses Mädchen, einmal geweckt, nicht mehr zurückhalten konnte. Man hatte sie jahrelang in einer dumpfen künstlichen Kindheit eingesperrt und ihr jede Zärtlichkeit vorenthalten. Der Ausbruch durfte mich nicht überraschen. Ich verwünschte meine Gedankenlosigkeit, die mir eingegeben hatte, ihr neue Kleider zu schenken und sie auf Unterhaltungen zu schicken. Ich kannte die Männer, die auf diesen Unterhaltungen zu treffen waren, keiner besser als Richard, aber die meisten nicht von seinem Format, kleine abscheuliche, geile Lügner. Und jedem von ihnen wäre es eine Leichtigkeit, ein dummes unerfahrenes Geschöpf wie Stella zu verführen.

Ihr Abendkurs fiel mir ein, und ich beschloß, ihr einmal unauffällig zu folgen, um zu sehen, mit wem sie sich traf.

Während ich diesen Entschluß faßte, wußte ich schon genau, daß ich ihn doch nicht durchführen würde. Es war alles zu widerwärtig und erbärmlich.

Als ich wieder im Bett lag, fiel mir auf, daß Richard nur nach seinem Rasierwasser roch. Die Frau, mit der er zusammen gewesen war, benützte kein Parfüm. Ich setzte mich auf und starrte auf das Gesicht an meiner Seite, das mit dem Kissen verschwamm, und plötzlich wurde mir übel. Ich fiel zurück und spürte ein paar Sekunden gar nichts. Als ich wieder denken konnte, suchte ich im Dunkeln ein Schlafpulver aus dem Nachttischchen und trank das Wasserglas leer. Wie schon oft in längst vergangenen Nächten hatte ich das Gefühl, etwas Grauenhaftes sei meiner zerbrechlichen Glaswand so nahe gekommen, daß ich seinen Atem und Gestank spüren konnte.

Am nächsten Morgen war Stella blaß und hatte rote Lider. Richard war etwas später dran als gewöhnlich, und sie bat ihn, sie im Wagen ein Stück mitzunehmen. Er schien nicht sehr erfreut von dieser Bitte zu sein, ließ sich aber seinen Ärger nicht anmerken und lud auch Wolfgang ein, mitzufahren. Ich wußte, daß er nicht mit Stella allein sein wollte. Die Situation mochte selbst für ihn unbehaglich sein. Wolfgang aber lehnte ab, er hatte versprochen, einen Freund abzuholen. Er sprach sehr höflich zu seinem Vater, aber ich spürte die leise Aufsässigkeit, die in seiner Stimme mitschwang. Richard zog die Brauen hoch und schien etwas sagen zu wollen, überlegte es sich dann und sah nur geflissentlich auf die Uhr.

Als schließlich, wie immer als letzte, sich auch Annette getrollt hatte, setzte ich mich erst zum Frühstück und blätterte die Zeitungen durch. Dann stellte ich den Speisezettel für die ganze Woche auf und fing an, die Blumen zu gießen. Das dauert immer eine gute halbe Stunde, wir haben eine Menge Blumen umherstehen, und dies ist eine Beschäftigung, die mich in die Illusion versetzt, etwas Nützliches und Richtiges zu tun. Ich weiß aber sehr gut, daß ich mein Gefühl an Dinge verschwende, die es gar nicht nötig haben. Stellas Schluchzen in der Nacht hatte mich eigentlich nicht gerührt, mich nur angewidert und in Verwirrung versetzt. Daß der junge Kaktus eingegangen war, machte mir echten Kummer.

Ich liebe die Blumen noch mehr als die Tiere, weil sie stumm sind, nicht umherspringen können und mich nicht stören in meinen fruchtlosen manischen Gedanken.

Die Bedienerin kam und wirtschaftete in der Küche, und ich stand vor dem Fenster im Wohnzimmer, die kleine Gießkanne in der Hand, und starrte in den Garten hinaus. Der Morgenwind wühlte in den noch ganz kahlen Sträuchern, und es schien mir, dieses immerwährende Gezitter der Äste, diese leise heimliche Unruhe wolle mir etwas sagen, etwas, was ich nicht verstehen konnte und was von großer Wichtigkeit war. Ich erinnerte mich an gewisse Tage meiner Kindheit ohne Trauer und Wehmut, ja selbst ohne Sympathie. Das kleine Mädchen von damals war tot, erwürgt und verscharrt von großen geschickten Händen. Es war nicht schade darum, denn es hatte sich kaum gewehrt, und um Dinge und Menschen, die sich nicht wehren, braucht man nicht zu trauern.

Schließlich kam die Frau ins Zimmer, und ich ging in den nächsten Raum und sah von dort aus in den Garten.

Der Briefträger kam. Ich hörte die Post durch den Schlitz fallen, rührte mich aber nicht. Ich erwarte keine Post. Niemals erwarte ich Briefe. Der einzige Mensch, der mir einen wichtigen Brief schreiben könnte, bin ich selbst, und so wird er auch nie geschrieben werden. Ich hörte, wie das Mädchen die Post ins Wohnzimmer trug, und sah immer noch in das Gewirr der Äste. Die Knospen auf den Bäumen und Sträuchern waren ein wenig runder geworden nach dem Regen, und das junge Gras glänzte feucht.

Früher habe ich manchmal der Versuchung nachgegeben und bin in den Garten hinuntergegangen, aber es war immer eine Enttäuschung für mich daraus geworden. Hier vom Fenster aus ist er gerade in der richtigen Entfernung für mich.

Ich stand also am Fenster und wußte, daß ich Richard zur Rede stellen mußte. Ich hörte schon jetzt seine erstaunte und protestierende Stimme. Niemals, das gehört zu seiner Taktik, gibt er etwas zu. Und das ist seine Stärke, denn damit erreicht er, daß die Leichtgläubigen ihm restlos vertrauen und die Mißtrauischen an der glatten Mauer seines Leugnens abprallen. Wenn ihm an Stella etwas lag, das heißt, solange ihr junger gesunder Körper ihn noch reizte, würde er sie nicht aufgeben, war aber die Zeit seiner Leidenschaft vorüber, würde nichts ihn hindern können, sie fallenzulassen. Und ich wußte auch, daß sie ihm völlig ergeben und hörig war und sich eher totschlagen lassen als ihn verraten würde.

Ich sah in das Gewimmel der knospenden Äste und dachte

an die kurze Zeit, die für Stellas Glück bleiben würde, und es schien mir plötzlich sinnlos, auch diese kurze Zeit noch durch mein Eingreifen zu zerstören.

In der Tat war ja nichts mehr gutzumachen. Stella würde eine Zeitlang heftig leiden und dann anfangen, sich zu beruhigen, wie wir uns alle beruhigen müssen, wenn wir am Leben bleiben wollen. Sie würde einen jener Männer heiraten, die man nach einer Enttäuschung heiratet, und Kinder bekommen und langsam vergessen. Aber sie würde nie wieder die sein, die sie war, ehe sie in unser Haus gekommen war und Richards Verlangen erregt hatte.

Ich haßte und fürchtete Auftritte mit Richard. Er ist rachsüchtig und grausam in den Strafen, die er für mich ersinnt. Alle diese Strafen haben mit Wolfgang zu tun. Er ist so klug wie der Teufel, und ich habe Angst. Natürlich wußte ich, daß das eine schäbige Überlegung war. Meine Ruhe und Bequemlichkeit, ja selbst Wolfgangs Ruhe waren unwichtig im Vergleich dazu, daß ein junger hilfloser Mensch vor meinen Augen ruiniert wurde um eines Vergnügens willen, das jedes Straßenmädchen Richard hätte bieten können.

Ich schloß das Fenster und wußte, daß ich nicht mit Richard reden würde.

Der Frühling kam. Stella war wieder ruhiger geworden und ganz von ihrem heimlichen Glück erfüllt. Sie sah jetzt aus wie eine junge Frau, und das machte sie alltäglicher, als sie es früher gewesen war. Sie zog sich viel in ihr Zimmer zurück. Niemand vermißte sie übrigens, außer der kleinen Annette, die oft vergeblich an ihre Tür pochte und schließlich sich anderen Spielen zuwandte.

Wolfgang wich ihr nach wie vor aus, und Richard hatte sich

ja nie um sie gekümmert. Er sah sie auch kaum daheim, fast nur an den Sonntagen. Er war in diesen Wochen von einer quälenden Rastlosigkeit, kam immer spät nach Hause, und seine ständige Aufgeräumtheit fing an, mir auf die Nerven zu fallen. Er ist einer der Menschen, die ein Zimmer so mit ihrer Vitalität erfüllen, daß man glaubt, ersticken zu müssen in ihrer Nähe.

Annette als einzige von uns spürte das nicht. Seine Nähe steigerte ihre Lebhaftigkeit bis zum Übermut, und Richards Wohlgefallen an ihr war nicht zu übersehen. Sie kann alles von ihm erreichen und nützt diese Tatsache mit liebevoller Schamlosigkeit aus, auch darin ganz seine Tochter. Wolfgang dagegen fing damals an, ihm unheimlich zu werden mit seiner stillen Höflichkeit, die neben Richards Jovialität eine Spur von Hochmut annahm.

Wolfgang stand am Fenster und sah in den Garten. Als er mich hörte, wandte er sich um, und ich sah, daß seine Augen ganz dunkel waren, vor Zorn, Kummer oder auch nur vom Nachdenken.

Sogleich lächelte er aber jenes schüchterne Lächeln, das mich täuschen sollte über seinen Zustand. »Was denkst du denn?« fragte ich.

»Eigentlich, Mama«, sagte er, »hab' ich gedacht, daß irgendein kleiner Hund oder auch nur eine Biene viel wertvoller ist als alles andere, ich meine, ein Dom zum Beispiel oder ein Flugzeug.«

Ich starrte ihn an voll Verwunderung und Freude. War es nicht unglaublich, daß dieser Gedanke, den ich nie ausgesprochen habe, in seinem Hirn gewachsen war? Es machte mich froh und traurig zugleich, aber schon schwächte er seine Worte ab. »Vielleicht ist es aber doch nicht ganz so, denn einen Hund bekommt man ja fast geschenkt, nicht?« Irgend etwas an dieser Tatsache schien ihm nicht ganz in Ordnung, wie es ja wirklich nicht ganz in Ordnung ist. Ich konnte die Zweifel hinter seinen Augen arbeiten sehen, seine Verwirrung war offensichtlich. Rasch sagte ich: »Du hast ganz recht, die Dinge haben nicht nur Geldeswert, sondern auch einen natürlichen Wert, der unverändert bleibt durch Tausende von Jahren. Alles andere ist nichts, nur das Leben zählt wirklich.« Es war mir nicht ganz wohl bei diesen Worten und ich wünschte, er hätte noch eine Zeitlang ohne diese Gedanken leben können, unbeschwert und ohne Zweifel.

Sehr bald, das wußte ich, würde auch er anfangen zu leiden. Vielleicht hänge ich zu sehr an diesem Kind, weil ich es in ungezählten Kriegstagen und -nächten in den Keller geschleppt habe, eng an mich gepreßt, um ihm die nötige Wärme zu geben, nichts in mir als den Gedanken, diesen kleinen Lebenskeim zu retten. Damals glaubte ich auch noch an die Liebe und an Richard, was für mich ein und dasselbe bedeutete. Aber Wolfgang ist mir geblieben, und noch immer schleppe ich in meinen Träumen das kleine Bündel in finsteren Kellern durch den Staub und Brandgeruch einstürzender Häuser.

Wie leicht war dagegen alles mit Annette, die Geburt in einer sauberen ruhigen Klinik, das Stillen bei guter Ernährung, alles so mühelos und fast nebenbei, als hätte man sich eine kleine Katze angeschafft, die anfing, durch die Zimmer zu krabbeln und bald auf eigenen Beinen stand. Annette hätte ebensogut das Kind einer Bekannten sein können, das zu Besuch bei mir war, ein Kind, dem man zu essen gibt, das man badet und kämmt, dem man weiße Söckchen anzieht und an dessen gesundem jungem Duft man sich leise erwärmt.

Nie war Annette ein Problem gewesen, und nie würde sie eines sein. Das leise Unbehagen, das mich manchmal in ihrer Nähe beschleicht, wenn sie auf meinen Schoß klettert und mich abküßt, gilt nicht ihr, und ich verscheuche es, sobald es auftaucht.

Es ist angenehm, von Annette geküßt zu werden, auch wenn ich weiß, daß sie ihren Vater, die Milchfrau, den Doktor und den Hund von nebenan ebenso leidenschaftlich abküßt wie mich zuweilen. Ihre Küsse sind nur eine plötzliche Aufwallung und bedeuten nichts, sie sind vollkommen unverbindlich und im nächsten Moment vergessen.

Wolfgang küßt niemanden. Wenn er seine Nase einen Moment lang auf meine Wange drückt, so ist das von unerhörter Bedeutung, im Vergleich zu Annettes Küssen.

Er hatte sich jetzt wieder dem Fenster zugewandt, und aus irgendeinem Grund hielt ich es für angebracht, ihn auf andere Gedanken zu bringen.

»Hättest du nicht Lust, Fritz zu besuchen«, sagte ich, »oder Tante Ella?« Aber er wollte nicht. Ich merkte deutlich, daß ich anfing, ihn zu stören, so verließ ich ihn, und er blieb am Fenster stehen und rührte sich nicht.

Nach einer Viertelstunde fand ich ihn noch immer in dieser Haltung und ich mochte das nicht. »Wir könnten uns den Kulturfilm anschauen«, schlug ich ihm vor, »und nachher Papa von der Kanzlei abholen.«

Er drehte sich scharf um. »Nein«, sagte er, »nicht zu Papa. Aber wir könnten spazierengehen, Auslagen anschauen und so.« Es war mir einerlei. Im Bewußtsein, eine wichtige Pflicht zu erfüllen, zog ich den Mantel an und setzte den Hut auf. Ich konnte zwar nicht verstehen, warum Wolfgang, der mir erst gestern erzählt hatte, wie gern er den Film sehen würde, jetzt plötzlich Auslagen anschauen wollte, noch dazu bei so unfreundlichem zugigen Wetter, aber wer weiß, vielleicht würde uns beiden die frische Luft guttun.

Wir bummelten etwa eine Stunde lang durch die Straßen, und Wolfgang entwickelte eine fiebrige Heiterkeit, machte mich auf dies und jenes aufmerksam und spielte so offensichtlich Theater, daß mein Herz ganz schwer wurde vor Kummer. Etwas war mit ihm nicht in Ordnung. Mir summte der Kopf, als wir nach Hause kamen, und Wolfgang setzte sich an den Tisch und verfiel ganz plötzlich von einer Minute zur anderen. Blaß und mit dunklen Ringen um die Augen, saß er vor seinem Kakao und schien unsagbar müde zu sein. Ich brachte ihn selbst zu Bett und wartete, bis er eingeschlafen war. Dann erinnerte ich mich, daß der Frühling für ihn immer eine anstrengende und ungute Zeit ist, die ihn sehr mitnimmt.

Ich war übrigens auch müde und wartete nicht auf Richard. Annette war bei der Großmama, und so konnte ich mich ruhig hinlegen. Ich hörte Richard nicht kommen, und auch Stella sah ich erst beim Frühstück.

An einem der folgenden Tage geschah die Sache mit den Veilchen. Ich erinnere mich genau, es war an einem Mittwoch, an einem der Tage also, an denen Stella ihren Italienischkurs nicht besuchte. In ihrem schwarzen, ein wenig zu engen Kleid stand sie plötzlich vor mir im Zimmer und streckte mir einen kleinen Veilchenstrauß entgegen. »Wunderschön sind die Blumen«, sagte ich ihr und nahm sie ihr ab. Sie tat mir leid. Ich hatte eine Ahnung davon, was in ihr vorging. Ihr Blick war gedrückt und flehend, und mit einemmal sah sie wieder aus wie das ungeschickte große Kind, als das sie zu uns gekommen war.

Ich beugte mich ein wenig vor und küßte sie auf die Wange. Sie zuckte erschreckt zurück und sah dann einen Moment lang aus, als werde sie sich schluchzend an meinen Hals werfen. Eine unbeherrschte Bewegung von mir, instinktiv war ich einen Schritt zurückgetreten, brachte sie wieder zu sich. Und nichts geschah. Stella ging in ihr Zimmer und ich in das meine, und ich verscheuchte, wie seit Wochen, den Gedanken an sie.

Ein wenig später fragte mich Wolfgang, von wem die Veilchen wären. Als er Stellas Namen hörte, sah er plötzlich böse und erbittert aus wie ein uralter Mann und ging gleich wieder weg.

Ich stellte die Veilchen vom Tisch auf die Kommode und fühlte mich hilflos und unglücklich. Dann fiel mir ein, daß ich ja nach dem Essen sehen mußte.

Und später, im Bett liegend und lesend, vergaß ich Stella, die Veilchen und mich selbst. Aber Wolfgang vergaß ich nicht, als quälendes Unbehagen lag er ganz seicht unter meinem Bewußtsein.

Der April kam. Ich tat meine Arbeit wie immer, der Haushalt lief wie am Schnürchen. Annette brachte schlechte Noten nach Hause, und ich gab ihr täglich ein Diktat. Wolfgang hielt sich auffallend viel bei seinem Freund auf, und an Richard erinnere ich mich tatsächlich nicht, er muß gewesen sein wie immer. Für ihn spielte sich ja auch nichts Außergewöhnliches ab. Er war im Begriff, ein Liebesverhältnis zu liquidieren, ein Vorgang, den er schon so oft erlebt hatte, daß er ihn unmöglich aus dem Gleichgewicht bringen konnte.

Stellas Kurs war zu Ende gegangen, ganz unmotiviert, mitten im Jahr. Sie machte sich gar nicht mehr die Mühe, mich zu belügen, und ich fragte nicht. Ich war bedacht, sie zu schonen und nicht auch noch mit unnützen Fragen zu quälen. Sie verbrachte nun jeden Abend zu Hause, und ich saß öfters mit ihr beim Tee und wartete auf Richard. Aber der war mit Arbeit überlastet und kam stets spät nach Hause. Manchmal roch er jetzt nach einem mir unbekannten Parfüm und hoffte, Stella werde es nicht bemerken. An diesem Abend wäre es mir lieber gewesen, sie wäre zu Bett gegangen, aber sie blieb sitzen und las die Zeitung, obgleich ihr die Augen schon zufielen vor Müdigkeit.

Sie las aber die Zeitung gar nicht, sie hielt das Blatt vor ihr Gesicht und regte sich nicht. Sie vergaß ganz, daß man beim Zeitunglesen von Zeit zu Zeit umzublättern hat. Ich wußte, was in ihr vorging. Wild vor Sehnsucht und Verzweiflung wartete sie darauf, Richard wenigstens zu sehen, seine Stimme zu hören und einen Blick von ihm zu erhaschen. Ich konnte die Demütigungen ahnen, die sie schon hinter sich hatte und die ihr noch bevorstanden. Und hundertmal überlegte ich, ob ich zu ihr sprechen sollte oder nicht. Ich wollte kein Geständnis hören, denn es gab keine Antwort darauf, und ich hatte es satt zu lügen.

Eines Abends, Richard war endlich gekommen, ging ich noch einmal in die Küche, um frischen Tee zu kochen. Als ich zurückkam und vor der Tür stand, hörte ich Richard zu Stella sprechen. Unsere Türen schließen sehr gut, und ich konnte kein Wort verstehen, aber der schneidend kalte und böse Ton seiner Stimme entging mir nicht. Stella mußte von ganz besonderer Hartnäckigkeit sein, denn es ist nicht Richards Art, auf diese Weise zu einer Frau zu sprechen; die glatte, unverbindliche Liebenswürdigkeit liegt ihm viel mehr. Ich stieß mit dem Teebrett gegen die Tür und trat endlich ein, ein möglichst gleichgültiges Lächeln um den Mund.

Stella stand an den Ofen gelehnt und zerknüllte ein Taschentuch in der Hand. Ihr Gesicht war weiß wie die Mauer, und ich schaute sofort weg.

Sie sagte »Gute Nacht« mit einer Stimme, die mich frösteln ließ, und ging mit eiligen blinden Schritten aus dem Zimmer.

»Stella sieht elend aus«, sagte ich. Richard zuckte mit den Schultern. »Wer weiß, wo sie sich herumtreibt«, sagte er. »Ich werde froh sein, wenn sie glücklich wieder bei ihrer Mutter ist. Die Verantwortung ist zu groß für uns. Man hat ja nicht Zeit, daß man sie richtig überwacht.«

Ich schwieg, was hätte ich darauf antworten können? Das Lampenlicht lag auf seinem blühenden, glatten Gesicht, und als ich mich zu ihm beugte, um den Tee einzuschenken, stieg mir ein zarter fremder Duft in die Nase. Während ich ihm dann gegenübersaß und die vollkommene Unberührtheit und Ruhe seines Gesichts betrachtete und an Stella dachte, die in ihrem Zimmer schluchzend auf dem Bett liegen mochte, überfiel mich eine Welle von Übelkeit und Schwindel. »Es ist nicht möglich«, dachte ich, »das gibt es einfach nicht.« Aber ich wußte, daß es möglich war und daß ich nur nicht fähig bin, es zu begreifen.

Als wir endlich schlafen gingen, war es sehr spät.

Am nächsten Tag kam Stella schon um vier Uhr von der Schule heim und ging sofort in ihr Zimmer. Als sie nicht zum Abendessen erschien, brachte ich ihr ein Tablett mit Tee und Brötchen ins Zimmer. Sie war totenblaß, die Lippen wund und merkwürdig rot und wie verschwollen. Sie sagte etwas von wahnsinnigen Kopfschmerzen und drehte sich zur Wand. Ich gab ihr ein Pulver und ließ sie allein. Am andern Tag blieb sie liegen, aß nicht und hielt das Gesicht zur Wand gekehrt. Sie hatte kein Fieber, und der Puls war normal. Als sie wieder aufstand und zur Schule ging, war sie völlig verändert. Sie kam kaum noch ins Wohnzimmer, lag viel auf ihrem Bett, und manchmal sah sie mich an wie eine Verrückte. Und wieder fragte ich sie nicht, aus Angst vor dem, was ich hören würde. Immer noch war ich in der lächerlichen Meinung, mich und damit Wolfgang aus Richards dunklen Machenschaften heraushalten zu können. Ich fühlte ehrlichen Kummer bei dem Anblick ihres schönen Gesichtes, das von einem wilden, stummen Schmerz besessen war, aber ich wünschte nicht, die Wand zu durchbrechen, die mich von diesem Schmerz noch trennte.

Eines Nachmittags lud ich sie ein, mit mir in die Stadt zu fahren, in der Hoffnung, sie ein wenig ablenken zu können. Wir machten ein paar kleine Besorgungen. Stella ganz geistesabwesend in ihrem neuen wahnsinnigen Zustand und ich verzagt, ungeschickt und ein wenig angewidert. Ich bemerkte, daß uns die Leute nachstarrten, und brachte Stella schließlich in ein Café, in dem Richard manchmal seine Schachbekanntschaften trifft. Ich fühlte mich schrecklich unbehaglich neben dieser wandelnden Göttin des Unglücks und hätte sie am liebsten geschlagen, um sie aus ihrer Trance zu wecken.

»Stella«, sagte ich scharf, »Stella.« Sie hörte mich gar nicht. Mit entsetzt aufgerissenen Augen sah sie an mir vorbei. Ich folgte ihrem Blick und sah, daß mich am Nachbartisch jemand grüßte. Es war ein Bekannter Richards, ein gewisser Doktor W., ein Frauenarzt, der seine Ordination in der Nähe von Richards Kanzlei hat. Richard hatte ihn einmal in einer Scheidungssache vertreten und gut vertreten. Dieser Doktor W. wollte seine Frau loswerden und arrangierte es so, daß sich einer seiner Freunde mit ihr überraschen ließ. Es ist natürlich ein alter Trick, und jedermann wußte, wie es gemacht wurde, und belustigte sich darüber. Aber er wurde schuldlos geschieden und brauchte keine Alimente zu zahlen.

Jedesmal, wenn ich diesen Menschen sehe, wird mir übel.

Stella sah jetzt krampfhaft in ihre Tasse. Ich zahlte und sagte: »Gehen wir, Stella.« Sie nickte und stand auf. Als wir auf der Straße waren, hängte ich mich in sie ein und spürte, wie sie zitterte.

Was soll aus diesem großen unglücklichen Kind an meiner Seite werden? Zorn und Scham trieben mir das Blut zum Herzen. Aber ich schwieg. Zu Hause schickte ich Stella sofort zu Bett und gab ihr eines meiner Schlafpulver. Sie sah mich dankbar an und drückte das Gesicht auf meine Hand. Ich zog die Hand rasch zurück. Nun, Stella hatte wirklich keine Ursache, mir dankbar zu sein.

Richard kam in bester Stimmung nach Hause. Seine Augen waren blau, feucht und erregt. Er küßte mich auf die Wange, und ich wunderte mich darüber, daß ich keinen Ekel empfand.

»Was hast du den ganzen Tag getrieben?« fragte er heiter. »Ich war mit Stella in der Stadt«, sagte ich. »Übrigens, wir haben deinen Freund Doktor W. getroffen.«

Schweigen, dann seine Stimme mit einer Nuance Mißtrauen und Vorsicht. »Freund ist übertrieben, ich hab' ihn schon eine Ewigkeit nicht gesehen. Sonst was Neues?« – »Sonst nichts«, sagte ich und sah ihn an. Ich habe das Unglück, daß man in meinen Augen lesen kann. Was Richard in meinen Augen lesen konnte, mußte ihn erschrecken und tat es auch.

Er sah sofort von mir weg und sagte mit seiner ruhigen, angenehmen Stimme, mit dieser Stimme eines Ehrenmannes: »Und was treibt Wolfgang die ganze Zeit, ich hoffe, es gibt keine Klage.« – »Nein«, sagte ich, »es gibt keine Klage.« Ich hätte ihm ins Gesicht lachen können. Gern hätte ich gesagt: »Mein Lieber, du mußt mich nicht daran erinnern, daß du mich mit Wolfgang erpressen kannst. Ich weiß es schon, wie sehr ich dir ausgeliefert bin.« Aber ich sagte es nicht. Er würde mich unerbittlich bestrafen, mich und Wolfgang, der doch ganz unschuldig war. Stella war nicht mein Kind. Es war ihr auch nicht zu helfen. Nichts, was ich tat, konnte ihr noch helfen. Ich hoffte, sie werde in kurzer Zeit in die kleine Stadt, aus der sie gekommen war, zurückkehren, und ich brauchte sie nicht mehr zu sehen, nie mehr.

Angeekelt und plötzlich sehr müde ging ich zu Bett. Ein wenig später spürte ich Richards Hand auf der Schulter und roch seinen sauberen Atem. Er erzählte mir von einem Ring, den er gesehen hatte und der wunderbar zu meinem Abendkleid paßte. Ich rührte mich nicht, aber er zog die Hand nicht zurück, und so blieben wir liegen, bis wir eingeschlafen waren. In dieser Nacht träumte ich, ich sei in einem Keller verschüttet. Eine riesige Last verkohlter Mauern lag auf mir und erdrückte mich langsam.

Die nächste Woche verging verhältnismäßig schnell. Die Maler kamen ins Haus und strichen alle Fensterrahmen. Das war ein Anlaß für Richard, um überhaupt nur noch zum Schlafen nach Hause zu kommen, und ich war ihm dankbar für sein Fernbleiben. Es war ja auch für Stella besser, wenn sie ihn eine Zeitlang nicht sah.

Gerade diese Woche war sehr kühl und regnerisch, und wir froren erbärmlich bei einfachen Fenstern. Unbehagen und Feuchtigkeit erfüllten das Haus vom Keller bis zum Dachboden. Fortwährend war ich hinter Annette her, bedacht darauf, sie von den klebenden Türen und Fenstern fernzuhalten, aber es endete doch damit, daß sie mit breiten weißen Streifen auf ihrem grünen Samtröckchen daherkam, die sich weder von Terpentingeist noch von irgend etwas anderem vertreiben ließen.

Mit Flecken ist es überhaupt eine merkwürdige Sache. Noch nie im Leben ist es mir gelungen, einen von ihnen wegzubringen. Zutiefst mißtraue ich den Frauen, die vorgeben, Flecken wegputzen zu können. Entweder sie lügen oder es geht bei ihnen nicht mit rechten Dingen zu. Unsere Kleider jedenfalls wandern alle in die Reinigungsanstalt, von wo ich sie zwar sauber, aber in durchsichtige Fähnchen verwandelt zurückbekomme. Wahrscheinlich werden dort Flecken mit Rasiermessern und Schmirgelpapier entfernt. Auch Annettes grünes Röckchen ist verloren und wird nach der Reinigung kaum noch zu gebrauchen sein.

Aber nach allem, was geschehen ist, kommt es wirklich nicht darauf an. Annette bekam einen Klaps und saß verheult und bockig in der Küche auf der Kohlenkiste, das Unterröckchen über die Knie gezogen. Endlich erbarmte sich Wolfgang und ging mit ihr spazieren. Das geschah schon am ersten Tag dieser Heimsuchung. Die folgenden Tage verliefen nicht anders.

Letzten Endes, als wir alle schon aufatmeten, stellte sich heraus, daß die Maler alle Fenster vertauscht hatten und sich keines mehr schließen ließ. Wolfgang und ich arbeiteten einen halben Tag, um das in Ordnung zu bringen, und fielen am Abend erschöpft in unsere Betten.

Die ganze Zeit über hatte Stella sich nicht um uns gekümmert. Vormittags ging sie wie bisher zur Schule, und am Nachmittag lag sie auf ihrem Bett und starrte auf die Wand.

Die Arbeit, so lästig und widerlich sie mir war, kam mir gerade recht. Sie machte es mir einfach unmöglich, mich mit

Stella zu befassen. Ich begriff ihre Lage sehr gut, aber ich konnte mir einfach nicht vorstellen, was nun zu geschehen hatte, und am allerwenigsten konnte ich in dieser Sache von Richard Hilfe erwarten. Für ihn war Stella gar nicht mehr vorhanden. Er hatte alles geregelt, was zu regeln war, und ging seiner Wege mit der Miene des überbeschäftigten Mannes, den man einfach nicht stören darf in seinen wichtigen Geschäften.

Am Sonntag fuhren wir mit dem Wagen, es hatte endlich aufgehört zu regnen, aufs Land. Stella schlug meine Einladung aus und entschuldigte sich damit, daß sie zu lernen hätte. Ich war froh, sie einen Tag lang nicht zu sehen. Neben Richard im Wagen sitzend, entspannte ich mich ein wenig und vergaß sie für einige Stunden vollkommen. Richard war von bezaubernder Heiterkeit und sichtlich bestrebt, mir den Tag so angenehm wie möglich zu machen. Niemand versteht das so gut wie er, und nicht einmal der Gedanke, daß er es mit einer ganz bestimmten Absicht tat, konnte mich, müde und erschöpft, wie ich war, ernstlich stören. Wir waren eine glückliche Familie, und ich wollte nicht merken, daß Wolfgang sich auf dem Rücksitz allzu ruhig verhielt und nicht wie sonst auf Annettes Gezwitscher einging.

Am Abend ging ich nicht mehr in Stellas Zimmer; ich fand, sie hätte wenigstens in die Küche kommen und mich begrüßen können. Der Gedanke, daß ich sie nun wieder täglich vor Augen haben werde, machte mich ganz schwach vor Ärger und Ungeduld.

Ich fing an, Richard zu begreifen, der so rücksichtslos den Umgang mit kranken und unglücklichen Leuten vermeidet.

Am Montagmorgen, ich hatte gerade gefrühstückt, klingelte das Telephon. Widerwillig riß ich mich los vom Anblick des zartblauen Himmels über der Lindenkrone und ging ins Vorzimmer.

Zunächst begriff ich gar nichts, aber die fremde Männerstimme wiederholte mir alles sehr genau, deutlich und langsam. Ich zog mich an und fuhr in die Unfallklinik. Während sie Stella operierten, saß ich in einem kleinen Besuchsraum und wartete. Man hatte mir kaum Hoffnung gelassen, es war nicht zu erwarten, daß sie wieder zu Bewußtsein kommen werde. Ich starrte auf das Muster im Fußboden und versuchte, meine quälende Erstarrung abzuschütteln.

Auf einem Tischchen stand eine Zimmerlinde, und ich fing an, ihre lichten herzförmigen Blätter zu zählen. Stella, dachte ich, sechs, sieben, acht und immer wieder Stella. Das Bäumchen schwankte und neigte sich mir entgegen, dann stürzte der Fußboden auf mich zu.

Jemand wischte mir das schmerzende Gesicht ab. »Sie sollten einmal ihr Herz anschauen lassen«, sagte die Schwester. Ich lachte laut. Sie sah mich streng an und stach mich mit einer Nadel in den Arm. »Da gibt es nichts zu lachen«, sagte sie. Ich verstummte erschrocken, ich wußte gar nicht, daß ich gelacht hatte. Mein Herz war durchaus in Ordnung, es war sogar sehr stark und kräftig, niemand wußte das besser als ich. Ich setzte mich auf und fragte nach Stella. Die Schwester wußte noch nichts, sie war von der Ambulanz und hatte nichts zu tun mit dem Operationssaal.

»Ist sie Ihre Tochter?« fragte sie ein wenig besänftigt und offenbar geneigt, mir mein unpassendes Gelächter zu verzeihen.

Ich sagte »nein«, und sie schien ihre Milde sogleich zu bereuen. »Legen Sie sich zurück«, kommandierte sie böse, »und bedenken Sie, daß diese Dinge zu unserem Besten geschehen, wenn wir es auch nicht begreifen.« Ich gehorchte. Gewiß hatte die Schwester recht, und selbst wenn sie nicht recht gehabt hätte, ich war nicht in der Lage, meine Argumente vorzubringen. Sie hatte den Kragen meiner Hemdbluse aufgeknöpft, und als sie wegsah, knöpfte ich ihn rasch wieder zu. Mit dieser Handlung kehrte auch meine Kraft und Haltung zurück. »Mir ist schon besser«, wagte ich zu sagen. Sie sah mich zweifelnd an und verließ mich dann mit der Drohung, sie werde bald wieder nach mir sehen. Ich setzte mich auf und wartete.

Als der Arzt kam, sah ich schon an seinem Gesicht, daß Stella tot war. Man hatte sie nur noch der Form halber operiert. Ich hatte eigentlich nichts anderes erwartet, überzeugt von der Gründlichkeit ihrer Unternehmungen. »Soll ich ein Taxi bestellen?« fragte der große fremde Mann im weißen Mantel. Ich nickte, und er gab einer Schwester den Auftrag. Er meinte noch, ich sollte sie, angegriffen wie ich war, lieber nicht ansehen. Aber ich bestand darauf, und achselzuckend führte er mich zu ihr.

Daß dieses weiße fremde Bündel Stella sein sollte, die mich vor zwei Stunden lebend verlassen hatte, war nicht zu begreifen. Ich legte meine Hand auf ihre Wange, die schon ganz kühl war, noch kälter als meine Hand. Dann war der Wagen da. Man händigte mir Stellas Tasche aus, und ich fuhr nach Hause.

Jetzt hätte ich eigentlich Richard anrufen müssen, aber ein dunkles Schamgefühl hielt mich davon ab. Nicht weil ich glaubte, ihn schonen zu müssen, sondern weil es mir ein Verbrechen an Stella schien, zu Richard über sie zu sprechen.

Drei- oder viermal ging ich ins Vorzimmer, hob den Hörer ab und legte ihn wieder hin. Schließlich fand ich mich rauchend und ohne einen Gedanken am Fenster stehen und blind in den Garten starren.

Nach der verregneten Woche war ein strahlendschöner Tag angebrochen. Wassertropfen zitterten an den jungen Lindenblättern, und die Luft strömte frisch und rein durchs Fenster.

Stella war tot, und große Erleichterung überfiel mich. Nie wieder mußte ich mir den Kopf darüber zerbrechen, was ich ihr sagen sollte, nie wieder würde ich ihr bleiches, zerstörtes Gesicht sehen. Stella war tot, und ich konnte zurückkehren in mein altes Leben mit Wolfgang, dem Garten und der guten täglichen Ordnung. Die Erleichterung war so stark, daß ich leise zu lachen begann.

Gegen Mittag kam Wolfgang nach Hause. Ich sagte ihm, was geschehen war, und er fragte, wie mir schien, ziemlich ungerührt: »Weiß Papa schon davon?« Später ging er ins Vorzimmer und telephonierte. Ich hörte ihn sagen: »Stella ist tot, Papa. Ja, ich bleib' zu Hause. Vielleicht kannst du früher kommen. Auf der Unfallklinik, ja, gut.« Plötzlich fing ich an zu frieren; der da draußen sprach, war nicht mein Kind, das ich an mein Herz gedrückt, durch die Bombentage geschleppt hatte, sondern ein fremder erbitterter Mann, völlig erwachsen, kalt und ohne Erbarmen.

Ich hörte, wie er in die Küche ging und mit dem Teegeschirr hantierte. Gehorsam trank ich den heißen Tee, den er mir brachte. Ich hatte das Verlangen, die Tasse hinzustellen, Wolfgang an mich zu ziehen und endlich zu weinen, aber ich schämte mich vor diesem neuen Wolfgang, der so streng und starr aufgerichtet neben mir saß und mich nicht ansah. Erst als er eine Decke über mich gebreitet hatte und aus dem Zimmer gegangen war, drehte ich mich zur Wand und fing an zu weinen. Ich weinte um Wolfgang, um Stella, um Richard und um mich, und es schien mir, als könnte ich nie mehr aufhören zu weinen. Ich spürte die Nässe auf meinen Wangen, auf meinen Händen und den salzigen Geschmack der Tränen im Mund. Langsam wurde ich matt, leer und friedlich.

Gegen Abend kam Richard nach Hause. Er war schon im Krankenhaus gewesen und hatte mit dem Primarius, den er gut kannte, alles geregelt. Ich fragte ihn nicht, ob er Stella gesehen hatte, wahrscheinlich nicht. Zum erstenmal war ich froh darüber, nicht mehr mit Wolfgang allein sein zu müssen.

Er ging übrigens sogleich weg, als sein Vater kam, um Annette von der Großmama abzuholen, wohin er sie mittags geschickt hatte.

Richard setzte sich zu mir und gab mir eine Zigarette. Ich sah, daß er ärgerlich war über Stellas unpassendes Verhalten. Immer hatte sie getan, was er von ihr verlangte, und nun, als er schon alles in bester Ordnung geglaubt hatte, mußte sie ihm Scherereien machen. »Es war ein Unfall«, sagte er, »ganz eindeutig ein Unfall.«

Ich nickte nur und sagte nichts. Die Wärme seiner Hand drang durch mein Kleid und erfüllte mich mit Ruhe und Behagen. Mein Hirn wußte, wer Richard war, aber mein elender geschwächter Körper sog gierig die Wärme und das Behagen ein, das von ihm ausströmte.

Übergangslos schlief ich ein.

Am folgenden Tag nahm ich meine Beschäftigung wieder auf. Nach dem Begräbnis und nach Luises eiliger Abreise war es manchmal für Stunden, als wäre Stella nie in unser Haus gekommen. Luise hatte ihre Sachen mitgenommen, das Fremdenzimmer stand leer, und das Bett war frisch bezogen. Nichts darin erinnerte an Stella.

Ich fange an, müde zu werden. Zwei Tage habe ich geschrieben. Bald wird Richard mit Annette heimkommen und ein wenig später Wolfgang. Und ich weiß nicht, was weiter mit uns geschehen soll. Ich weiß es nicht. Ich möchte die Augen zumachen, schlafen und vergessen, aber es gelingt mir nicht.

Ich werde das Fenster öffnen und Luft ins Zimmer lassen. In den letzten Stunden habe ich vergessen auf den Vogel in der Linde. Er sitzt nicht mehr auf seinem Ast. Seine Mutter ist nicht gekommen. Wahrscheinlich liegt sein kleiner Balg unten im Gesträuch; in wenigen Tagen wird er verschwunden sein, aufgelöst, als hätte es ihn nie gegeben. Ich wollte, seine Mutter hätte ihn gefunden und in Sicherheit gebracht, aber ich habe nie wirklich daran geglaubt.

Jetzt wünsche ich mir, daß ein Wunder geschieht, daß der kleine Vogel noch warm und sicher im Nest sitzt, daß Stella in ihrem fröhlichen roten Kleid ins Zimmer tritt, jung, lebendig und noch unberührt von Tod und Liebe, und daß Wolfgang wieder sein Gesicht an meines drückt und mein Herz vor Zärtlichkeit beben macht. Und ich wünsche, ich könnte in Richards Armen liegen, ohne Furcht und Grauen, ganz der besänftigenden Wärme seines großen Körpers hingegeben.

Und dann erwache ich aus meinen Gedanken, und das Wissen überfällt mich als ein Schlag gegen die Brust.

Nichts kann den Tag ungeschehen machen, an dem Wolfgang mit dem Rücken zu mir sagte: »Kannst du Papa beibringen, daß ich im Herbst in ein Internat auf dem Land möchte?«

Ich starrte auf den schmalen eigensinnigen Nacken, unter dem glänzenden dunklen Haar.

»Aber«, stammelte ich, »aber Wolfgang, warum denn?«

Er überging meine Frage, wie man als wohlerzogener Mensch unpassende Fragen übergeht.

»Es ist doch zu spät für die Anmeldung«, sagte ich hastig, »das hätten wir früher machen sollen.«

Plötzlich drehte er sich zu mir. »Ich hab' selbst hingeschrieben, Mama. Du hast doch immer gesagt, daß mir die Stadtluft nicht guttut. Es sind noch Plätze frei. Ich denke, es wird Papa recht sein.«

O ja, und wie recht es ihm sein wird, dachte ich erbittert. Da war es wieder, dieses Gefühl der Scham dem Knaben gegenüber, der mein Kind gewesen war. Ich atmete tief und sagte: »Vielleicht hast du recht. Papa wird es schließlich gutheißen. Deine Gesundheit ist ja wirklich nicht die beste. Und in den Ferien«, fügte ich hinzu, »wird es dann um so schöner sein.«

Er senkte die langen Wimpern auf die Wangen und sagte: »Natürlich, Mama.« Dann kam er auf mich zu und legte seine Wange einen Moment lang auf die meine. Das kühle, angeekelte Wissen in seinen Augen war getrübt von ein wenig Mitleid und Trauer.

Aber ich mag kein Mitleid. »Ist schon gut«, sagte ich, »ich werde mit Papa sprechen.«

Er ging zur Tür hinaus, und ich blieb, für alle Zeiten, allein zurück.

Der Gedanke überfiel mich, meine Koffer zu packen und mit Wolfgang zu verreisen. Ich könnte in einer anderen Stadt zwei Zimmer mieten, für mich und die Kinder, und noch einmal von vorne anfangen.

Aber ich wußte natürlich, daß es unmöglich war.

Einmal war alles gut und in Ordnung, und dann hat jemand

die Fäden verwirrt. Ich kann den Anfang nicht mehr finden, und das Gespinst unter meinen Händen verwirrt sich von Tag zu Tag mehr, es wächst und wuchert, und eines Tages wird es mich begraben und ersticken.

Ich fürchte mich. Jeden Tag rufe ich mich hundertmal zurecht und sage mir: Hör auf zu denken, geh weg vom Fenster, gib deine erbärmlichen Gewohnheiten auf, dieses In-den-Garten-Starren und von einem Zimmer ins andere zu gehen. Es gibt nichts zu sehen im Garten für dich.

Kümmere dich um das Haus, um Annette, und denk an deine Pflichten.

Dann nehme ich die Tasche und gehe einkaufen, und etwas springt mich an, aus den Augen der toten Fische und aus dem rosig-blassen Fleisch der geschlachteten Kälber, und ich laufe aus dem Geschäft, und wenn ich über die Straße gehe, spüre ich es im Rücken. Aber ich schaue nicht zurück, denn es lohnt sich nicht zurückzuschauen. Erschöpft und zitternd setze ich mich wieder auf den Diwan, und meine Gedanken fangen an fortzulaufen, und alles fängt von vorne wieder an. Luise tritt ins Zimmer und fragt mich, ob ich Stella für ein Schuljahr zu mir nehmen könnte, und ich wage nicht, nein zu sagen, in ihr kleines, böses Frettchengesicht. Ich lege wieder Spitzendeckchen auf die Kommode und stelle die Windhunde darauf, die Pferde und die Tänzerinnen, und wir holen Stella von der Bahn ab, ein wenig betrübt über die Störung, die sie für uns bedeutet. Richard verschwendet kaum einen Blick an sie, er riecht manchmal nach Chanel N° 5, und Stella ist noch nicht in Gefahr. In ihren braunen Kleidern sitzt sie über ihren Heften und langweilt sich oder strickt Socken für die Armen.

»Man müßte ihr Kleider kaufen, und sie wäre eine Schön-

